U0602108

父女对话

陈冠学 著

北京时代华文书局

一本有爱有趣的书

——《父女对话》读后

朱学东

"天上一粒星，地上一个人。人死了就会到天上去，就会变成天上的星星。好细佬，弗能做坏事，做了坏事，死了就不能飞到天上，变成天上的星星……"

当我打开作家陈冠学《父女对话》的书稿，刚看了前面的摘录部分，我的脑海里就不自觉地闪过了这样几句话。这是我小时候的夏夜，躺在房前门板上乘风凉时，祖母在边上摇着蒲扇跟我说的。弟弟们在他们的童年时代也不止一次听过祖母这样的唠叨，每年夏夜乘风凉时。

当时我并不知道，陈冠学在书中也有记录自己与女儿岸香关于牛郎织女和星星的对话："这个故事很好听。那个人到了天上就变成星星了吗？"

牛郎织女的故事，我同样来自于祖母夏夜对扁担星的讲述，扁担星是故乡对三颗成一线的星星的叫法，按照祖母的介绍，这就是天上牛郎用扁担挑着一双儿女追赶织女的形象。我至今不知道这三颗星的学名。也许，要是岸香小姑娘问她父亲，应该能够知道正确答案。

我小时候是在蓝天、白云、草丛、竹树中成长的，知道地上长的一切花草野果的土名和味道，熟悉河里的各种鱼虾鳖蟹，认识天上飞过的各种鸟雀，可能比那个随着父亲避居乡间的小岸香与大自然更亲近。但是，我没有机会像岸香一样天真地跟自己的父亲发问。我的父母必须为了我们的温饱奔波，他们无暇照看自己的孩子，留心孩子天真好奇的问题。

我关于大自然的最初认知，许多来自于我目不识丁的祖母。祖父母年老力衰也得继续下地干活，只不过，我们通常会被祖母带到田间地头，祖母干活，我们自己玩泥巴花草。得空的时候，或者哄我们开心不吵闹的时候，祖母才会给我们讲祖辈讲给她听的那些故事。即使是关于太阳月亮、星星云朵、花草虫鸟的故事，也脱不了饥馑岁月哪些野菜有果腹的实用，以及善恶有报的因果报应道德观。这是祖母她们这代人所认知的世界。除了生活经验和融入日常甚至附着草木鸟鱼的道德要求，她们没有现代植物学、动物学的一丝常识，甚至我的父母也未必知道。

翻读陈冠学《父女对话》，掩卷思考时，我有时也会想，如果我的祖母能够像岸香的父亲一样，满腹大自然的学问，也许，我的人生会是另外一种模样，或许成为一个天文学家？或许，一个植物学家，一个研究鱼虾的专家？

虽然因为祖父母和父母知识的局限，我错过了许多科学认识触手可及的世界万物的机会。但是，有一点和岸香一样，我的童年依然很幸运。一切苦难都被他们用爱阻挡在了外面，我肆无忌惮地度过了自己的童年，眼睛和小岸香一样明亮、纯真。

后来我也成了父亲，有了一个与岸香一样天真可爱的女儿。与我的祖父母和父母不一样，我的学识要远超他们。在女儿的童年，我也记录女儿的日常，也常跟女儿对话，但是，对话很少涉及关于大自然的，都跟都市生活的紧张与小心翼翼有关。即使对话也是对紧张不安的排遣缓和，即使我在教育孩子的问题上已经有了与城市社会对抗的勇气和行为，却依然缺乏陈冠学先生带着孩子避居乡间，让孩子在自然中成长的勇气和智慧。充满残酷竞争和理性算计的现代都市里长大的孩子，就像大温室的花朵，缺少与大自然的自然关系，总不免有一种城市的忧郁。这不只是我个人面临的挑战。

小岸香在乡间，对于自己看到的那些花草虫鸟、太阳雷雨，充满着好奇。她的每一次发问，都是在认真观察之后，充满着童趣；而父亲的回答，既有科学的解读，更有顺着小姑娘好奇的耐心和闲扯，口气着实有趣，透着慈爱和对孩子的骄傲。而得到父亲回答的小姑娘，则总心满意足。

连珠炮似的问答之间，全是关于日常生活和自然间万物的细节，场面鲜活灵动，恍若就在眼前，亦常忍俊不禁，顿生"我要是跟自己孩子有这样的对话多好"之慨叹。

"老父在小女儿心目中，是个通鸟语、通树语、通虫语、通草语甚至通石语、雨语的灵通者；在小女儿的心目中，凡存在都是生命，都有情义，会互通款曲；因为老父是她无所不知、无所不能的导师，自然就成了她无所不能的沟通者了。"

但是，这样令人羡慕的父女关系，在城市生活中，又有几个父亲能有这等耐心？很惭愧，我也没做到，以奔波生计的名义。

我们今天这个社会中，关于孩子教育的书籍，充满着即期功利主义的实用和焦虑，鲜少陈冠学书中所呈现的无功利的亲近大自然的对话。陈冠学和小岸香的日常生活和父女对话，近乎一种乌托邦趣味。书中的小岸香很少接触同年的玩伴，她的父亲也有反思，但她的生活里，有"阳光、土地、花草、蜂蝶、鸟儿、轻风，抬头是辽阔的蓝天，一切都有了，只差一个同龄的玩伴。但是，她一个人玩着，倒是那样的纯净。"

自然万物同样能够观照到我们人类的命运。也许，那些陪伴小岸香的自然万物以及父亲的博学和慈爱，足以抵消她缺少同龄玩伴的寂寞，也能缓和她城市长大的孤独忧郁吧。

书中的岸香还是个不到五岁的小姑娘，如今，她大概已经是一个历经风霜的成年人了。她对自己孩子的教育可能与父亲相似，也许也有不同。但我知道，岸香一定会记得童年时与父亲的那些对话，那些对话中所透射的爱和趣味，一定护佑着岸香。

我相信，那些有长辈的慈爱看护，能与自然万物一起长大的人，一定有着大地的慈悲，有着太阳一样明亮的心，河流一般清澈的眼睛，以及永远保持的好奇心和真诚。

很遗憾，在我孩子已经长大成人了才读到这样一本有爱有趣的书。建议在城市森林中的孩子父母，好好读一读这本传递了回到自然、土地、亲情陪伴的真情之书。

二〇二一年二月十六日

推荐序

说说"父母的监狱与天堂"
——《父女对话》读后

蔡颖卿

陈冠学先生如果在世，今年八十七岁，长我二十七岁。以社会生儿育女的一般进程来说，我不大可能和他在相近的年代教养儿女，然而，这是真的，当冠学先生带着稚龄女儿返乡隐居台湾屏东的一年后，我也生下大女儿，加入了天下父母忧虑与希望的族群。

当时，他是一个遗世独立的"老爸爸"，用他自己的话说是："像一匹老狐带着幼狐，在人境外，营野生活。"他在己耕己种之后读书写作；在好风微雨的庭前，以自认为极重要的敬天爱人之心教导那个见物即问、憨言傻语的四岁宝贝女儿，希望她自然地懂得对生存的感恩与生活中已存的智慧；在同一个时间轴上初迎新生女儿的我，则在兴奋与紧张杂糅的生活情调中慢慢学习当母亲的新课。

我们的精神同在他书中写到的"天堂"与"监狱"之中，面对儿女所给予的美丽希望、自身对成长经验的了解，与社会转变所引发的种种忧郁中，幻想着生活中可有一处天真可爱应属的乌托邦。

陈冠学先生真去寻了一处他自己的乌托邦，然而，那当然未必也是其他人的理想国。

无论认不认同他教养孩子的方式，作为一个读者，我很容易就经由文字的引路看到他对于人心与生态环境改变的忧虑，他把这份大担心打散了托放在儿童眼里口中的有情世界，再借生活问答，或轻或重地道出了自己的悬念。

这样的悬念，对于爱护普天之下儿童的人来说，都是易懂也受感的；这样的悬念也是不分地理、时间而同存的；所以这本书在三十几年前初读时，我想起的是丰子恺的温柔敦厚，如今重读，心上再想起的是一部十九年前的法国电影：_LE PAPILLON_《蝴蝶》。我们在孩子句句追问的"为什么"中，强自镇定地想给一个正确的生活答案；又在他们无边的联想中检讨自己那"看似正确"的答案是否可信。

而后，你只会在这本书中看见自己，看见所谓教养或带领只是"希望"与"温暖"不停交织的工作，所以，作者跟女儿说："地球是太阳的儿子。"

而他跟自己预设的读者说："跟小女儿谈话，阴暗的心底时时有阳光照进来。"

于是老父的课题，或说，所有父母的课题，都融化在自己的教养陪伴中，于是，监狱不复是拘禁；天堂不复是想望。

二〇二一年三月十五日

推荐序

自然纹理中的一道美丽皱褶
——读陈冠学《父女对话》

台湾东华大学华文文学系副教授　杨翠

男性作家笔下常见父子对话，对话主题也多是家国大事、人情义理，而陈冠学的《父女对话》，却以丰富的细节，编织父女生活现场，别有情韵。

《父女对话》的第一个特色是日常性丰盈。一般情况下，父系社会中的父亲和儿女，一生中难得有几场日常性的对话，然而，《父女对话》全书都是日常生活与对话细节，却丝毫不见繁腻芜赘，展现鲜活的现场感，有如一幕幕微电影，父女俩与天地万物随喜遭遇，在宇宙韵律中，联袂演出。

书中，父女共同生活的每一个场景，每一次对话，都有如一道道自然纹理，铭刻在身旁所见的花草树木间，写进每一颗野浆果的饱满汁液中，甚至写进风雨雷电、山林溪石，镌入天地之间，与宇宙韵律相互渗透。

父女的生活纹理，因而也成为自然纹理的一道美丽皱褶。就如书中我非常喜欢的这篇《溪石落》，父亲趁着力力溪的自然地形即将被毁前夕，雇了铁牛车，抢下三车溪石，堆放在庭院里，日久之后，溪石成为自然生态与父女生活的共同场所，女儿在溪石上玩耍，赤腹鸫在溪石上晒太阳，相安无事，相互陪伴。

二十世纪八九十年代，陈冠学归返自然的意志，是读者熟知的故事，《父女对话》中也有很多关于自然生态的对话。表面上，女儿是一名发问者、学习者，她不断以幼嫩的生命，对天地间的各种现象发问，关于山与石，关于地球与太阳，关于花草树木和虫蛇鸟兽；而父亲则是回应者、教育者，他回应着女儿的诸种问题，以寓言式的说话方法，试图让女儿感知宇宙韵律的奥妙。

然而，事实上，女儿却经常锐利刺击问题的核心，让父亲无法回答。这不仅挑战了父亲作为教育者的位置，也揭露一个事实：宇宙韵律的内涵，远远超出人类的知识系统与认知幅员。宇宙韵律，与其说是一个教案，一道问答题，不如说是一则丰富的谜题，它不是作为固定答案而存在的，就此而言，女儿身为自然界的初生者，反而更贴近宇宙韵律最纯粹的核心。

如书中写到，女儿总是不断发问，这是什么，那是什么，她认真观察、体会每一道自然纹理的皱褶之美，但对动植物的名字却不热心，总是忘记。这一点却反过来教育了父亲，让他体认到："现存在是最实在的，名字反而显得虚无"，因为对自然的命名与分类，只是满足人类的"知识欲望"，对自然实存而言，不具任何意义。

女儿"极喜爱种子，一拿到手就种"，也是宇宙韵律的一个小秘密。女儿种过她可以拿来种的任何东西，谷子、草籽、树籽、茎节、块根，有的被虫鸟戕害，有的出乎意料长成了。种植这件事，就是和宇宙韵律协商的结果。如某日，女儿从父亲买来的菜色中，拈了一粒种子种下，长成皇帝豆，为了让皇帝豆成熟，父亲跟乌嘴觜（bi）沟通协商，终于，它放弃皇帝豆的长须，选择了碎米知风草来筑巢。

这个画面十分温暖动人,然而,宇宙韵律不会总是展现温柔的场景,父亲必须与女儿共同体认自然的角力。如花蜘蛛捕捉昆虫,昆虫又啃啮女儿所种的牵牛花,她便以芦苇秆,将一只啃咬牵牛花的小螽蝗送到花蜘蛛面前,父亲立即上前营救,小螽蝗仍然死在花蜘蛛的毒液下。花蜘蛛经过几场捕捉大戏之后,不再出现了,父女以问号式的对话,为这场生物竞逐下了定义;因为花蜘蛛为何而来,为何而走,没有答案,正如宇宙的韵律。

书中的这些自然生态对话,确实十分精彩,然而,对我而言,这本书最动人的地方,却是父女之间的情感流动。对女儿而言,父亲是通灵者,与一切生命的灵魂相通;对父亲而言,女儿是救赎者,粲美如阳光,恒常照亮父亲的暗郁心房。

《舞》中,女儿扮演各种角色,为父亲表演独一无二的舞蹈;《讲故事》中,即使父亲口中的故事早已讲了上百遍,女儿仍然开心展笑;《草》中,父女散步一趟回来,父亲胸口插满女儿采摘的草花,"五彩缤纷,仿佛当了老新郎一般";《野浆果》中,父女一路采食野浆果，回程，小女儿"贴在老父的肩项间睡着了"；还有《信》中，老父依着女儿的意志，写信给他们住过的老房子，问候房子周旁的花草好；所有这些画面，有的喧闹，有的安静，却都无比动人。

《父女对话》初版于一九九四年，当时文本中不到五岁的女儿，如今恐怕早已过而立之年了，然而，书中的女儿与父亲，却成为永恒的存在，有如自然纹理中的一道美丽皱褶，如《喜饼》中所言：

在小女儿的心目中，不止她自己永远是小孩子，连她日日看着的老父也永远是这个样子，不会再老去，将永远存在着，跟她在一起。

二〇一八年九月二十九日

目 录

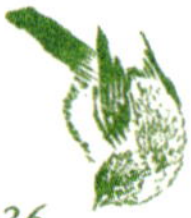

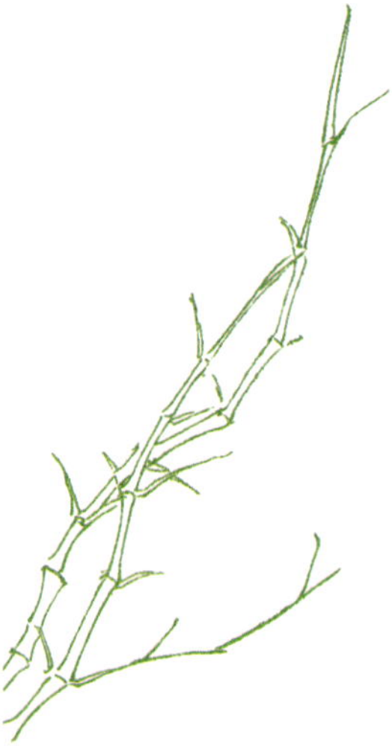

山

　　老家在偏僻的山脚边，不是五光十彩的都市，而是天造地设一色绿的山野。小女儿刚回来，第一个最攫引[1]她的便是东边的山，尤其是那高出一切的南北太母，只要是空旷无遮蔽的地方，一定东顾看山。也许山是天地间她所见到超出一切、无匹类的、独特的崇伟实体；天虽是高而广，在她的眼目里，只是抽象的虚影，一点儿也不实在。山才是她所见世界唯一实在的"大"，因此山攫引了她的眼目。

　　一天，云霭遮蔽了山，小女儿惊讶地问：

---

[1]　攫引：用力牵引。
　　　（本书注释均为编者注）

"爸爸，山哪里去了？"

真是世界第一件大事，世界独特的大，怎会不见了？可能哪里去了呢？

"你说呢？"

小女儿思索了片刻，兴奋地说：

"山玩去了！"

"是的，山大概到东海边玩去了！"

"他回来时，会不会带糖果给我呢？"

"山公公也许记得，也许忘记了。"

"山公公不会忘记的，他是我的好朋友啊！"

第二天，云霭散了，小女儿欢呼着：

"爸爸，山回来了！"

可是她早忘了糖果的事，她看到山只是欢喜。

"爸爸，我们去看山公公！"

"单是我们父女，是不能去的，那要跟几位叔叔准备好了才能去。"

"不嘛！骑机车去！"

"那只看得到山宝宝，看不到山公公。"

"好嘛！先看山宝宝，待爸爸约好叔叔们，再去看山公公！"

于是老父载了小女儿到了山脚下，小女儿摸摸山崖说："山宝宝乖！"

小女儿满意了，我们就顺坡地回家来，一路上还时时停下来让她拿手指头去触触路边的含羞草，见着羽叶合闭，她心里觉得好神奇啊，她将含羞草当害羞的小姑娘看待。

回来后，一天，小女儿在庭中玩，忽然问：

"爸爸，有没有山种子？"

"什么呀？"

"山种子呀！有山种子的话，在庭里种一颗，庭里就会长出山来了，我要跟山宝宝玩！"

老父抚摸着小女儿头顶说：

"乖！"

一天午后，父女俩散步来到了一条高垅上，坐下来看山。老父喜欢看衬着晴天的岭线，由北而南，划成一条起伏无定近百公里柔和的山棱，非常的美，小女儿也不停地赞美。最后老父收回视线，归结在南北太母的最高棱线上。

　　"山顶上有整排的树，一棵棵明朗朗的，看到没有？"说着老父指给小女儿看。

　　"看到了，爸爸，像一把把雨伞。"

　　"是啊，山上有许许多多的树，它们是山公公的伞，日来遮日，雨来遮雨。"

　　"爸爸不是说，贪心的人把树都砍光了吗？"

　　"是啊，在更北方，贪心的人把山上的树都砍光了。"

　　"可怜的山！日来就没有树遮日，雨来就没有树遮雨了。他们年纪大不大？"

　　"都很大了，都是山公公啊！"

　　"他们都怎样了？"

　　"山公公的皮被日头晒裂了，被雨水冲掉了，都见到赤精精的肉了。"

　　"好可怜的山公公！"

　　停了好一会儿，小女儿忧伤地问：

　　"山会死去吗？"

　　"是的，迟早都会死去。"

　　于是小女儿拉了老父的手，低着头无力地说：

　　"爸爸，我们回去吧，不要看山了！"

见着小女儿小小的心灵里有了荫翳，老父很觉得难过；可是等到第二十九号沿山大驰道开辟，这一条山岭生机就要日斫了，到那时就连南北太母也要死去，这是事实啊！

第二天，小女儿早忘了昨日的事，老父载了她到市镇去，要坐火车到大城市看有好多层旋转电梯的大百货公司，一路上她一直跟山挥手、说话。

"爸爸，山也跟着我们跑呢！"

她好高兴哟！

"再见！我们晚上就回来了，再见！"

到了高雄，她看见了打鼓山，惊喜地直拍手说：

"爸爸，山也来了！"

"嗯，山也来玩了！"

小女儿跟打鼓山挥手说：

"不要贪玩呵！天黑前要回家，不要走迷路呵！"

晚上回家，小女儿一直担心山迷了路回不来，一路往东边看，星夜又看不清。

第二天，看见山仍好好儿在那里，她好高兴，喊着：

"爸爸，山回来了！"

草

　　每次带小女儿出去，在村路上、阡陌间散步，小女儿每喜欢摘草花，几乎见一样就摘一样。初时她用左手的拇指和食指夹着，越摘越多，终于夹不牢，便一样样掉落，于是小女儿就交给乃父来拿，乃父只好插在白衬衫的胸口袋上。一路散步下去，乃父的胸口袋终于插满了草花，五彩缤纷，仿佛当了老新郎一般。

　　"爸爸，这是什么花？"

　　"是紫花藿香蓟。"

　　"这是什么花？"

　　"是龙葵。那么小你也采吗？"

　　"大的小的都一样好看。爸爸，它为什么那么小呢？"

　　"不晓得，老天造它时就那么小了。"

"为什么造得那样小呢？"

"老天大大小小都造了。还有更小的呢！"

"是呀，这一样更小，那是什么花？"

"那是假咸虾。"

"怎么是假的呢？它又不是虾！"

"祖母管它叫疔仔草呢！"

"钉子吗？"

"不是钉子的钉，是生在面上的毒疮的疔。"

"它能治疗吗？"

"祖母说能治疗。有人叫它一枝香呢！"

"不止一枝呀！"

"它那紫色的花头很像香火。"

"爸爸，这些花都是老天造的吗？"

"是呀！都是他创造的。"

"爸爸，你见过老天没有？"

"没有。"

"那你怎么晓得有老天？"

"老天就在那儿，看不见，却可以感觉到。"

"爸爸，你真了不起，我就感觉不到。"

"你也可以感觉到，你不是爱这些花吗？我们家里用的东西每一样都要人来造，这些花一定也是造的。"

"嗯，是造的！但是我没有看见老天造它。"

"老天是交给自然律来造的。"

"什么是自然律？"

"自然律就是一种规则，比如说，你手指一放，你夹的草花就一定掉下去，这也是自然律。你试试看！"

于是小女儿连续试了好几遍，试得兴致高昂起来。

"真奇怪，怎么老是往下掉？"

"若是东西不一定往下掉，可以横飞，那不太可怕了吗？瓦片可以左飞右飞，岂不时常打破人头，人怎么生活呢？"

"爸爸，我懂得了，老天真伟大！"

"嗯！乖！"

家里庭面上也有许多草，不是我不忍拔除，是我喜欢它们。小女儿一天里有一半时间都在庭面上，不是玩草便是玩小石子。她用小石子来筑长城，一块接一块，把一些草围起来。

"乖乖的，没有坏人能害你。"

她对围城中的草说。而事实上，那些草的确也没有天敌，它们演化出不受侵犯的本领，虽然草上或许就生有青虫，却看不出受过侵害。

小女儿很喜欢拔鼠尾粟，也不晓得她拔它做什么，也许她就是爱那鼠尾似的长穗吧！

有时候小女儿随便找出一个可盛水的饼盒盖或是装底片的圆盒身，盛了水，拔一株小的咸丰草或心叶母草放在里面。头一两天草依旧欣欣向荣，几天后老父就偷偷给换了新，小女儿似乎没觉察到，但久之也就忘了。

"爸爸，这鼠尾粟为什么独自伸出那么高，那么长呢？"

有时候小女儿忘记了草名，就只说"这草"。她对草的名字并不热心，时常反复问过几次还是忘记了。这就好像一群同邻里的小孩子们在一起玩，很少听见他们彼此喊名字一般。对于他们，现存在是最实在的，名字反而显得虚无。

"爸爸，我很喜欢草。"

"为什么？"

"草是永远不会离开的好朋友。"

花蜘蛛

这一阵子，小女儿热衷于追逐小灰蝶，庭面屋边，追个不停。

"爸爸，人家要一只小蝴蝶！"

"小蝴蝶那么乖，让它自由自在飞，不是很好吗？"

"不嘛，人家要捉一只！"

"怪可怜的，捉到会捏死的。"

"不会嘛，轻轻捏着，不会嘛！"

"小蝴蝶不比小金英的花大，你玩小金英的花，不玩蔫了吗？"

"不，人家要！"

小女儿噘着嘴，几乎要哭出来了，老父不得已，只好试着俯身去捉。小灰蝶像一小片闪烁不定的光，哪里捉得到？

　　一天早晨，小女儿在草莓叶上发现了一只白蜘蛛，拉着老父去看。那是一只花蜘蛛，样子像只小白螃蟹，在大片的绿色中，不仔细看，真像一朵小白花，怪不得半个钟头后，它捉到一只小灰蝶。

　　"爸爸，花蜘蛛捉到了小蝴蝶啦！"

　　"真的吗？"

　　"爸爸，我要。"

　　"怪可怜的，可是那是花蜘蛛捉到的，怎好抢人家的东西呢？"

　　"不，人家要！"

　　拗不过小女儿，老父硬从花蜘蛛的虎口里抢下了小灰蝶。只一眨眼工夫，小灰蝶腹部早已被花蜘蛛吸瘪了。放在纸片上，交给小女儿。小女儿拿了放大镜，效乃父观察花草虫豸，一板一眼地审视着，像个小博物家。

　　第二天，小女儿发现花蜘蛛又捉到一只小灰蝶，老父只得又扮强梁的角色。小灰蝶剔落时，才发现地面上也有一只。这花蜘蛛真可怕啊！

这一天，看见小女儿拿了芦苇秆，在草丛中驱赶，不多久，她蹦蹦跳跳跑进屋来，告诉老父花蜘蛛捉着小蝗虫了。小女儿在庭边撒下了外国牵牛的种子，居然出了一株，叶子给尖头蚱蜢（本地叫观音）、螽蝗啮得没一片完整。这回小女儿用芦苇秆让一只未成年的螽蝗爬着，带到花蜘蛛停的草莓叶上，在一边冷眼观看。花蜘蛛果然攫住了小螽蝗。

"你这个孩子，真是的。"

老父赶紧捡了一块小尖石，企图救下这小螽蝗。小螽蝗肚皮胖，花蜘蛛咬得牢固，怎样也剔不开。用力弹了一下，弹丢了，任找找不到，还是小女儿目光锐利，在另一片草莓叶背上找到。老父严重的远视，戴了眼镜，才把小螽蝗救了下来。小螽蝗腹边淌着绿色的血，不能动弹，大概被注了毒液。几分钟后，小螽蝗死了。

此地大的蝴蝶已不多，偶尔可见到缟凤蝶（又名玉带凤蝶）、红紫蛱蝶（老书上叫橙红蛱蝶）等几种，小女儿一见就不停地追，在大太阳底下，追得满面通红，满身大汗。男童弹鸟，女童扑蝶，许久以来没改变过。

"爸爸，花蜘蛛会不会捉到大蝴蝶？"

"花蜘蛛只会骗小蝴蝶，大蝴蝶要大的花吸花蜜，花蜘蛛像一朵小白花，大蝴蝶不会停下来。"

小女儿感到很失望。

"爸爸，小蝴蝶为什么不像大蝴蝶那样好看？"

"小蝴蝶太小了，有颜色和白点也好看不起来。"

"爸爸，给人家捉一只大蝴蝶！"

"下次看到了，捉一只给你。"

第二天一早打开门，看见一只缟凤蝶掉在檐下草叶上，腹部给蚂蚁吃掉了一半，用玻璃纸给贴在保丽龙厚板上。小女儿醒来看见，高兴得直跳。

小女儿的注意力被花蜘蛛吸引住了，一起床便要看花蜘蛛，后来她发现花蜘蛛每天都捕捉到苍蝇吃。花蜘蛛永远停在叶面上，下雨刮风也未必肯躲避。一天，小女儿找不到花蜘蛛，找了许久才发现花蜘蛛吐丝黏合了一片草莓叶，躲在里面。有整整两天，花蜘蛛都没出来过，小女儿说是在蜕壳。

那天上午，父女俩上街市买点儿什物，回来不见了花蜘蛛。小女儿红着眼眶不言语。

"也许花蜘蛛放长线，趁风飞走了；也许被鸟儿吃掉了。"

"飞走了！飞走了！爸爸，它怎么飞呢？"

"大风来时，花蜘蛛放出长线，风就连着长线把它带走了。"

"爸爸，把花蜘蛛找回来！"

"也许明天它就回来了！"

"爸爸，它为什么走了呢？"

"爸爸问你，它为什么来了呢？"

樣[1]

　　屋边几棵半世纪以上的老樣，长年是青苔鸟的大谷仓，几万片树叶上，经常有各种小昆虫滋生着，青苔鸟一群四五十只，一日间来访四五回，老樣因此得以保持健康，枝叶畅茂，精神矍铄。夏秋间，老樣吸足了阳光和雨水，到了晚秋十一月，便迸开了满树的花，花梗绿白，细花乳黄，仿佛换了晚秋装一般。翌年初春三月，樣果累累如绿珠，一圈圈的挂满树，显然是换了春装。仲春四月，樣果大如绿玉卵，老樣越发地盛装了起来。五月，是晚春时节，春留恋着不肯走，但夏早在月初便夹着热气逼来了。老樣在早到的夏气下，又换了一袭衣

---

[1]　樣（shē）：杧果。

饰，檨果渐渐地黄了。

三四月里，小女儿时常托起几乎垂到地面的青檨果，把它们当小宝宝般，和它们说话。

五月中旬以后，檨梢层的檨果先熟，小女儿正在跟底下的青檨说话，一颗黄檨掉了下来，几乎擦到她的前臂，落在她的脚趾前。

"爸爸，掉下一个黄的，狡古狯，差一点点儿，打着人家的头哩！"

"噢，来！不要站在树底下，给黄檨打着了，很痛很痛的哟！"

小女儿于是捡起了黄檨，赶紧跑出了树荫外。

"这么熟了，里面有很甜很香的肉，老檨树要送给你吃呀！"

"真的吗？檨树真好心！"

于是老父给小女儿洗了手，剥开了黄檨，给小女儿捧着。

"吃吃看！"

小女儿舔了一下。

"嗯，好甜好香哦！"

小女儿吃了几口，抬起头来问："爸爸，橡树为什么要送黄橡给我吃呀？"

"你吃吧，吃完了爸爸再告诉你！"

小女儿吃着，惊奇地叫："爸爸，里面硬的，咬不动。"

"你只管吃软的肉，硬的不要去咬它。"

一会儿小女儿把果肉吃完了，嘴箍脸颊，好像涂抹了黄颜料，手指间流着黄色的汁，掌心里托着果核。

"爸爸，这是什么？"

"是种子。"

"种子？像小金英一样的种子？"

"是的，跟小金英一样的种子。"

"小金英的种子，没有好吃的肉呀！"

"小金英的种子很小，头上撑着一把棉花伞，风一来就飘起来了，风一停，就降下去，就在那里萌芽生根，离母草很远了。"

"橡的种子，为什么没有棉花伞呀？"

"太重了，有棉花伞也不会飞。所以它就用了别的方法，包着好吃的肉，人们吃完了肉，把种子丢开了，它就在那儿萌芽生根，离母树很远了。"

"要是没有好吃的肉呢？"

"种子不会飞，掉在老树下，被老树盖着，是长不成的。"

"爸爸，我懂得啦，是老天造的。"

"一点儿不错，是老天造的。"

"来，把种子丢了，我们进去洗洗手面！"

小女儿一边洗手面，一边不停地问：

"爸爸，大树的种子一定都有好吃的肉吗？"

"不一定。有的树非常大，那个地方没有人住，有肉也没有用，它的种子就生得很小了，风一来，就被抛出母树外去了。"

"那是什么树呀？"

"像我们台湾最宝贵的桧树就是这样的。"

"还有别样的吗？爸爸。"

"有——只要是没有人住的地方，树的种子就要靠自己离开母树。像桃花心木，它的种子就有一片翅膀；有的树，可以把种子弹出去，弹得很远。"

"老天真伟大！"

"老天实在太伟大了！"

停了一会儿，小女儿说：

"爸爸，人家还想吃。"

"今天大概只掉下来一个，也许等一下又掉下一个；明天一定会掉下两个；后天会掉下五个；大后天会掉下十个；以后每天都会掉下三四十个。"

"哇！那么多！"

"有那么多，岸香是吃不完的。"

"吃不完怎么办？"

"送给邻居和朋友呀！"

小女儿拍手笑了。

小女儿看见刚才那颗种子掉在小径上，回头跟老父说：

"爸爸，那个种子在那里不好。"

说着走过去捡了起来，给扔到一边去。

大概两个月后，那里就会有一棵新樣长出，离开母树远远的，是一个很合适的地点。

五岁姑婆

　　小女儿回老家来之后，洗发成了大问题。家里没有一个合适的地方供她洗发。曾经试着洗了一次，实在不忍看着她满头、满项、满面的泡沫，甚至渗入眼睛，灌进耳孔，经由领口流下胸背。乡下房子设备简陋，这实在不是男人能胜任愉快的一项大工程；而且老父疼爱小女儿，也不愿意让她太委屈。于是每次都载着她，老远的上市镇去洗。

　　后来才知道一个跟我同年的族侄娶了个儿媳妇，在家里开了电发间。下一次我就带了小女儿去。离得不远，我家在路西，他家在路东，相距大约一百米光景，既省事又省时间。

　　一进围墙大门，就见族侄夫妇俩坐在檐下水泥阶上纳凉，身边还放着斗笠，塑胶制半筒靴，大概刚从果园回来的样子。族侄妇一看见我，便叫我叔公。老家古习，做母亲的要跟孩子同称呼，目的是要让孩子们顺嘴。族侄跟我自小一起长大，都是直叫名字，此时有了儿女，又娶了儿媳妇，不便再像以往那样叫，要叫叔叔又不顺口，竟就省了称呼，用招呼代替。小女儿是初回见面，我要她叫老哥哥、老嫂嫂。小女儿早叫惯了这两样称呼，叫起来并不困难。

电发间设在厢房。一打开纱门，就看见一个年轻女子抱着一个满月大的婴孩。族侄夫妇俩也随着跟了进来，侄妇介绍着说："这位是叔公祖。这小女孩，要叫姑婆。"小女儿刚到陌生地方，又见了这么多陌生人，注意力分散，不曾听见。于是坐下来洗发。

稍停，族侄的三姐走了进来，一个六十岁出头，满头白发，一脸皱纹，眼睛稍微眯着，一生做的粗活，手脚显得粗短的老妇人，算来是我的族侄女，比我大十岁以上。我教小女儿叫老姐姐。这位老姐姐平生最爱说笑，全村算起来是第一。老姐姐走近小女儿，要摸她，小女儿有点儿怕，尽往另一边缩。

"很漂亮的小姑娘家啊！几岁啦？"老姐姐问。

"五岁。"我答。

停了一会儿，老姐姐指着婴孩跟小女儿说：

"宝宝要叫你姑婆哟！"

小女儿睁大了眼睛四边看。

"就是你呀，你是伊的姑婆哟！"

"不，我是姐姐！"

小女儿知道姑婆指的是她，便应声否认。

于是族侄、族侄妇也加进去，改正小女儿，说她是姑婆，不是姐姐。

小女儿见这么多的人七嘴八舌都说她是姑婆，辩驳不过，就哭了。其实族侄夫妇是好意，老姐姐或许正经的成分还是多于说笑的成分。

新妇说好说歹，最后说要跟小女儿擦指甲花，小女儿这才不哭了。

走出了厢房，大伙儿送了出来，老姐姐在后面尽说"五岁姑婆，五岁姑婆"，小女儿又哭了。

出了围墙大门，小女儿拉着老父的手说：

"爸爸，下次不再到他们家洗发了！"

23

第二次不肯去，说好说歹哄着去了，又哭了出来。

第三次去时，就没人敢再提"姑婆"二字了。

后来小女儿跟新妇熟了，问新妇说：

"这个宝宝是你的小孩？还是你的大人？"

问得新妇不晓得如何回答。直到现在，我还不明白小女儿这句问话的意思。

小女儿有时不肯好好儿吃饭，喂她几口之后，就不吃了；早上吃牛奶，喝一半就不肯再吃。老父说：

"这个样子是长不大的哟！"

"人家不要长大，人家要永远五岁！"

"为什么呢？"

"长大了就会变成姑婆呀！"

噢，原来小女儿一直不曾忘记那位老姐姐的话！一句在大人听来十分合乎伦理礼节的话，在小孩子的心里却留下了这么深的刺激。记得从前小女儿是怎样盼望快快长大，时常爱扮大人模样的啊！

回老家前一年，父女俩在澄清湖畔初租了一幢公寓的一楼，首次有了家用电话，小女儿好喜欢，那时她才四岁（实则刚足三岁），时常偷偷地拿起电话筒，任意拨号。有个应门用的对讲话筒，她更是喜欢，缠着老父一定要站到围墙门外跟她对讲。有一回，她拿起来独讲，只听见她一本正经地说：

"喂！喂！我是小莲，请将我的衣服送来！"

小莲是卡通里一个小女孩的名字。

没想到居然有人回答她的话，只听得话筒里传出一个男孩的声音说：

"小女孩，乱讲什么？"

老父急探头看，看见三个打赤膊，赤着脚，大约是小学五年级的男孩，急急逃去。

小女儿哭了，说哥哥骂她。凡是男生她都泛称哥哥，女生都泛称姐姐。

有时小女儿缠着老父要跟她玩电话对讲，任何东西都可权充电话筒，或徒拳也成，可要彼此望得见。

"喂！喂！你是谁？"

"我是娟娟小姐。"

娟娟小姐是卡通太空突击队铁船长的女朋友。

"你在做什么呀？"

"在炒菜呀！"

"你爸爸呢？"

"不能说爸爸呀！"

"为什么呀？"

"我是大人呀，我是娟娟小姐呀！"

"那么要怎么说呢？"

"要说陈先生。"

"菜炒好了没有？"

"炒好了。"

"好不好吃？"

"好吃！"

"乖！"

"不能说乖呀！"

"为什么呀？"

"我是娟娟小姐，我是大人呀！"

　　这一阵子小女儿再没跟老父玩娟娟了。再过一段时间，等她忘记了"姑婆"，就会再缠着老父玩了。

溪石落

五六年前趁着力力溪自然地形被毁前，雇了铁牛车载了三车溪石回来堆在庭右，那时小女儿还未出生。这一堆溪石惹来来家的客人无谓的探问，一般都猜想我要筑园景，大概平房要拆掉，即将大兴土木，银行里或许存了几百万闲钱。没想到三车溪石倒令我阔气起来，平白受到人们几许尊敬。当然这对于我而言，乃是大煞风景的事，我费了许多口舌解释，没有一个肯相信。但日子一个月一个月过去，一年年过去，平屋依旧，溪石依旧，客人们终于不得不相信，这回他们的表情倒是挺暧昧的。

望着那一落溪石，心里面就觉得快乐。

离开了平屋和溪石出去了一段日子，这回回家来，我坐在屋角下眺望溪石，小女儿爬在溪石上，一块块坐，沁凉她的腰臀。

"爸爸，石头上的白线很好看呢！"

"好看极了！"

"爸爸，怎么会有白线呢？"

"你说呢？"

"是老天造的，要给人看的。"

"一点儿不错，是老天造的，乖！"

这一落溪石——我不叫它堆而叫它落，因为在我看来，溪石仿佛每一块都有生命，它们恰似植物丛聚成一群落，人类族聚成一部落一般——原先是由车上卸下来自然堆积而成，我们父女不在家的期间，听说有人看见一条大山獭蛇钻进溪石落间，招来几个人，把溪石落撬开来，成了现在的样子，好像一座山经过一阵大地震，震崩了一般，看起来自然有些不顺眼，虽不顺眼，只要是溪石落，对于我就显得是美的；单独的一块溪石就够美了，何况是一个群落？任它是最零乱的样子也是美的。

小女儿日日在溪石落上玩。一天，老父正在书房里看书，听见小女儿尖叫一声，奔了进来，不由得吃了一惊。

"爸爸，蛇！"

"蛇？"

蛇不是好玩的，老父即时奔了出去，小女儿跟在后面。

"哪里有蛇？"

"钻进去了。"

"好了，再不要爬在溪石上玩了！"

但是小女儿却远远地站在一旁直看溪石落，就是不走，老父不得不陪着她。

"不要靠近！"

小女儿偏向前更走了几步。

"蛇说再靠近，它就咬得到了。"

于是小女儿猛地向后跳退，但不多久又向前进了几步。

"蛇怎么说？"

"说太远。"

小女儿又进了一步。

"蛇怎么说？"

"说还远。"

于是小女儿猛地冲到溪石边。

"蛇说太近了。"

小女儿立刻又往后猛跳。

小女儿重复玩着这个游戏，玩得老父站累了，不得不把她牵回屋里去，寻一个新的游戏转移她的兴致。

那一天，老父在西窗边看书，看累了阖了书，不经意地向窗外看，溪石落就在那儿。忽见溪石边的草无风而动，屏息候着，忽跳出了一只赤腹鸫，立在溪石上。急把小女儿抱上书桌指给她看，拿食指压住她的唇。

"看到了吗？"

"一只鸟。"

"叫赤腹鸫。"

几秒钟工夫，赤腹鸫又跳了下去，不见了。等了半分钟，连草也没动。

"哪里去了？"小女儿

小声地问。

"不晓得，也许还在那儿，也许走了。"

"为什么只给人家看一下就躲起来了？"

"它……"老父一时想不出理由来。

"为什么不像花定定的在那儿？"

"它是鸟啊！"

"白头翁不是乖乖的让人家看吗？"

"山里面也有奇花躲着不教人看呢！"

"真的吗？爸爸，带人家去看好吗？"

"好的，好的。下次去看山宝宝，顺便去看。"

第二天上半晡，阖了书看出去，看见那只赤腹鸫在溪石西沙地上晒太阳。抱了小女儿看，这回是看足了，只是远了些，没看到它胸腋下的赤羽。

"它是好朋友！"

"是的，它是好朋友。"

"我们有好多好多朋友！"小女儿闪烁着喜悦的眼光。

公主与国王

　　小女儿自三岁起便很爱撕纸张，到四岁时越发严重，不止给她看的幼儿彩色书册一本本撕烂，连我的藏书她也撕。我既感到束手无策，也感到失望，心里想这孩子长大了可能不喜欢书本。先前自推销员手里买了光复书局出的《彩色世界童话全集》前半部十五册，这是相当豪华的本子。她喜欢一边看着书中的图画，一边听大人讲述书中的故事。这半部书若不是随看随收收得紧，不免也被她撕毁。后来我才恍悟，原来她撕纸是学我的样。我有个性癖，定稿以前的任何手稿，我不愿意让它保留着，每写好一篇文章或一部书，既经誊出了定稿，前此的手稿就悉数撕毁，小女儿自襁褓时便见着乃父这个奇特的行为。五岁回老家来，小女儿听了老父的解释，不再撕书本，但是零星的纸张她还是很喜欢撕。她把白纸细碎地撕满地，说是下雪，每天要扫一二回。

小孩子有个通性，总爱听大人讲故事，而且同一个故事百听不厌。起初老父编了一个故事，说是老父和小女儿到森林边远足，带了一大包甜点去，有蛋糕，有巧克力糖，有果汁罐，在森林边如何认识了小兔、小鹿和小熊，后来小兔、小鹿和小熊如何到家来玩。这个故事往后一次次地讲，一次次地增加了内容，直到内容完全饱满不能再增入了才定了型。

爱听故事而且百听不厌，这是老天赋予小孩子学习语言的一种天性。我自己编的这个故事，大约讲过一千遍。只讲这个故事小女儿还不依，世界童话每日最少也得读两篇至三篇，那十五册世界童话大约读过两百遍。后来小女儿不撕书本了，她自己翻着书页，看着图画，自己讲给自己听，有时候还讲给老父听。西洋童话差不多全是王室传奇，故事中的主人翁，总是离不开公主和王子，像安徒生《卖火柴的小女孩》那样足以抵过雨果八大卷《悲惨世界》的庶民题材反而不多，这理由是庶民生活刻苦，少有传奇性。

有一天小女儿跟老父说：

"爸爸，人家长大了，要当公主，要住在很大的宫殿里，有许多的用人。"

"噢！"老父听了不由得吃了一惊，这些童话在小女儿的心中起了这么大的作用。

"爸爸，你听见了没有？人家长大了要当公主，有很多的人使用，住在很漂亮的大宫殿里面。"

"爸爸听见啦！当了公主，过着幸福的生活，好心肠，有礼仪，让所有的人都赞美你，是不是？"

"是呀！"

"乖！"

小女儿跟老父住在村边的一幢平屋里，围墙差不多永远关着，绝对的没有玩伴，除了偶尔要求老父跟她玩捉迷藏、打电话，大部分的时间她都是自己独个儿玩着，不是她有层出不穷的游戏发明，不厌重复的童心，老父先就要难过死。由于她没有实际上的玩伴，小兔、小鹿和小熊便成了她真实的朋友。

"小熊他们刚来过呢！小兔说日头光曝着屁股了还

不起床？小熊说要掀开棉被来打呢！"

小女儿从被窝里爬了出来说：

"好哇！我要打小熊的屁股，他还敢打人家屁股！"

童话中的公主们在小女儿的心中是否也变成了真实的朋友，这倒不能确定。但是自从上一次她说出了长大要当公主的话之后，她就一再提起。这一次她忽然问老父说：

"爸爸，国王是怎样来的？"

"你怎么问这个呢？"

"人家要当公主，爸爸就得当国王呀！"

"噢，原来如此！"

"爸爸你说嘛，国王是怎样来的？"

"大部分的国王都是父亲传的。"

"第一个国王呢？"

"大概都是抢夺来的，就是后面的国王也难免要抢夺。"

"爸爸，抢夺要杀害别人是不是？"

"不止杀害别人，还杀害许多人。"

小女儿沉吟了好一会儿，坚决地说：

"爸爸，人家不要当公主啦！"

"乖！"

太阳与地球

　　小女儿无论怎样早起都不会比太阳公公早，她一天要睡十二个钟头，晚上八点上床，明早八点以后才醒，九点上床九点以后醒，而太阳公公一年最晏没有晏过七点的，因此小女儿每天早晨都落在太阳公公升起之后才起床。

　　小女儿每早睡醒了就大声喊：

　　"爸爸，我睡醒啦！"

　　听见她喊，就得马上回答。万一老父不在家，或离家远些，没能即时听见回答，小女儿就哭了。大概老父总是守在屋里，最多在屋边忙着些什么。

　　"睡醒啦？日头光都曝着屁股啰！"

　　我一进卧房总是这样说。

"太阳公公说什么呀？"

"太阳公公说有礼物给你，就放在庭中的草根边呢！"

小女儿于是赶紧起床，穿好了衣服，便赶到庭面去找。

"爸爸，找到了，一块糖果。"

"噢，只有一块吗？太阳公公不会只给你一块糖果的，其余的大概给蚂蚁抬走了。太阳公公起得那样早，你起得那样晚，蚂蚁闻见就抬走了。也许是那只灰猫和它的朋友偷去了。"

"坏蚂蚁！坏灰猫！明天我要起得很早！"

"乖！"

可是小女儿照样晏起。

有时候小女儿一醒来发现房内没有往常明亮，窗外老檨树上不见阳光，就高兴地说：

"今天我比太阳公公起得早！"

"今天太阳公公请假。"

"为什么请假？"

"人们都有礼拜天，太阳公公没有礼拜天，总该让他休息一天去找找朋友玩玩呀！"

于是一整个上午小女儿不停地问：太阳公公为什么还不回来？太阳公公是大自然界里最引小女儿注目的一个动物——会动的物体。早上小女儿虽然迎不到日出，可是自向晚以后，太阳有了一点儿红晕起，她就不停地跟他挥手说再见。

一天，我跟小女儿说地球是太阳的儿子，小女儿随口问道：

"那么地球长大就变成太阳啰？"

冷不防小女儿会这样联想，老父一时之间几乎答不出来。有生物是生长的，无生物是衰老的；有生物不再生长，就无生物化，成为衰老的。

"地球再不会长大了，许多坏人正在杀害他。他们用大量的毒药、毒气和一种最厉害的毒叫作核能毒的，用来杀害地球。地球已经生病了，不会再活很久了。"

小女儿听了蹙起眉头问：

"怎么都会有那样多的坏人？"

"爸爸也不晓得，总是坏人多。"

"叫太阳公公不给他们光明和温暖！"

"他们本来就是黑暗而冰冷的。"

小女儿当然听不懂老父的话，这是老父讲给自己听的。

"爸爸，我们来想想办法救救地球！"

"乖，爸爸来想想，你也想想！"

老父早已绝望了，也许将来会有办法使地球复活，老父在心里面祈祷着。

信

　　回老家来，几乎与外界断了交通，真有点儿像陶渊明在《归去来兮辞》中所写："世与我而相遗。"但到底时代不同了，交通机械缩短了地理，数百公里外的朋友有如比邻而居，时时地"过来"探望。朋友们一来，几乎无不左携右提，带给小女儿各式各样的饼饵和瓜果，小女儿在甜食方面或许比城市里的小孩子们还丰饶。但是朋友们之来有时，交通毕竟时时间断，倒是书信往来没有中断过。

　　照例每天都有信，多者十数件，少者一二件。小女儿早已认得邮差先生的机车声，邮差还未到门，小女儿早站在围墙门内等待着。邮差先生未必看得到她，围墙门高出小女儿约有一尺；但是邮差先生晓得她站在那儿，每每把一大沓信件垂到门内。

"小妹妹！"

于是小女儿接了信件，飞跑着进屋来。有一个邮差，身材短些，约与围墙门同高，还特地下车来，勉强把前臂伸过围墙门，往往难得达到与地面平行，我在窗内看得他的手臂还微微翘起，小女儿就得提起脚后跟，向上伸直双手去接。但是小女儿是不答应老父去接信的，因此我只得眼巴巴看着邮差先生这额外的辛苦了。

有挂号邮件，邮差老远就高声喊"印章"，但已来不及，小女儿还是早了一步，早站在围墙门下了。于是小女儿就奔回来拿印章。较大较重的邮件，邮差总是把邮件跨在门上，等我出去拿。有时候邮差有意逗逗小女儿，放下来交给她。小女儿就双手提着，把邮件靠在膝盖上，一步步顶着走回来，口里不停地呜咦呜咦地出声。

有《读者文摘》的广告信件，小女儿就先拿到一边拆开。《读者文摘》广告花样多，内中有印刷精美的图片，更有他们自用的各种仿"邮票"，小女儿都一一撕去，我要是真用得着，得跟她要回来，还得费一番口舌。信件上的邮票，小女儿倒没多大兴趣，长年没多大变化，看都看厌了。

小女儿埋怨都是老父的信，没有人寄信给她。她每天在炎日下热心接信，一个月或一个多月才接到一次外婆越洋寄给她的包裹。于是她就从下午一直兴奋到晚上。

这一天，小女儿忽然跟老父说：

"爸爸，我们回来很久了，都没有给湖边的屋子写信。"

"噢，你怀念湖边的房子吗？"

"他会想念我们的，他不知道我们到哪里去了，爸爸，我们给他一封信。"

初回老家来，小女儿时时会想念澄清湖畔的屋子，说她最怀念卧房里的大浴室；老父听了未免感到辛酸。这许久来，小女儿未再提起湖边的屋子，这一天不知是什么缘故，又勾起了她的怀念。

"好哇，你念，爸爸写。"

小女儿思索着，一会儿说：

"爸爸，就告诉他，我们搬回万隆，还好。"

"就写这一句话吗？"

"再问他好不好？"

于是小女儿说她要给湖边屋子的信说完了。

小女儿述完了给湖边屋子的信之后，独个儿在厅里玩着。

老父在书房里写稿，一忽儿，小女儿跑了进来。

"爸爸，那叶子大大的，开紫色花的，是什么草？"

"噢，你问的可是湖边屋子围墙门边的紫花酢浆草？"

"就是那种花。爸爸，再加上去，叫屋子问那些花好！"

"爸爸这就添进去。"

"爸爸，再告诉他，这里我有许多朋友，叫他放心！"

"要不要，爸爸也添几句话？"

"要！再告诉他要小心，不要生病哟！爸爸，屋子会不会生病？"

"会的，屋子照样有许多病，也会变老。"

"我不喜欢他生病，也不喜欢他变老。"

"那当然啰！乖！"

"爸爸，我们几时去看他？"

"冬天来了的时候就去。"

"再告诉他，我们冬天去看他。"

信

(续)

既然答应孩子写信给湖边的房屋，哪能不写？信写起来并不困难，寄出去却有困难，先是邮差先生一定会感到迷惑，但既有门牌号，投递是没有问题的，只是不免他频频顾望一番。

当天就把信写好了，教我又回忆了一次湖边生活。当然，信文并不全像一个五岁孩子的语气，我的写作欲不免又在字里行间蠢动着。底下是这封信，包含了小孩子的稚气和老墨客的痴气。

屋子先生：对不起，一直没有写信给您——我不识字不会写信，爸爸是识字的——您该记得爸爸那一年在您那儿写了三本书：《老台湾》《台语之古老与古典》《田园之秋》，可是爸爸也没有写信给您。对不起，我们都没有写信给您，您一定一直都在担心我们，您一定以为我们迷路了，或许遇到困难了。这么久了，您晚上一定偷偷流泪，惦念我们吧！实在很对不起，可是我一直很想念您，爸爸也很想念您！我们搬回老家来——噢，我们是搬回老家万隆村，现在我请爸爸写这封信，就是要告诉您这个的。爸爸还回去打扫过一次，爸爸告诉我，他离开时是掉眼泪的。可是爸爸忘记告诉您，我们搬回老家了。我很喜欢您，我不喜欢老家，老家没有浴池；您那卧房里的浴室，好大哟，好漂亮哟！在老家，爸爸给我洗澡，我都垫脚站在洗衣机旁，扶着洗衣机，洗衣机还一直动摇呢！老家也没有电话，现在我也不跟爸爸玩电话游戏了。可是老家有很多蝴蝶，也有很多鸟儿，更有很多草虫会唱歌；现在我渐渐喜欢起老家来了。告诉您，我有一个朋友，叫小绿，它原先是一条绿色的虫儿，是我把它养大的，现在它已经变成蝴蝶，爸爸说是一种粉蝶，是只蝴蝶姑娘呢！它天天都飞回来看我，但它飞向我的脸上来，我总是害怕躲开，爸爸都说我是胆小鬼呢！我不再乱涂墙壁了。还记得，我们搬到您那儿没几天，我拿原子笔在客厅壁上乱涂，害得爸爸用了各种方法去擦拭，都没擦掉，为此，爸爸气得痛打了我一顿。但是没隔几天，我又在卧房壁上涂了一片，又挨了打。不知道是什么道理，我总爱在您那干净的壁上涂写。实在说，我那时是在学爸爸写字；可是爸爸写的字很小，我写的字很大，而且我写的实在并不是字，倒很像很多弯弯曲曲的路胡乱拐来拐去。回老家来，我不再涂壁，老家的墙壁，就像晒了很多天阳光的旧纸，一点儿也引不起我的兴趣。告诉您一件秘密，这件秘密我一直没有告诉爸爸、妈妈，今天晚饭后，我第一次告诉了爸爸。有一天晚上，不，我没说清楚，就是您那间又大又漂亮的卧房，那时爸爸已经睡着了，妈妈也睡着了——不过后来她又醒了。我们睡觉一向是不点灯的——外边路灯够亮的了，爸爸总是这么说；而且房门也不关的，爸爸说关了房门通风不良。我和妈妈睡那张漂亮的弹簧床，我们的脚向门，那时我还没有睡着，忽然我看见有两个人站在房门口，很高的身材，并排站着。我害怕极了，我把棉被拉过头顶，在被里发抖。妈妈醒过来，问我怎么还不睡。您说那两个人是谁？他们怎样进屋里来的？妈妈醒来后，那两个人就不见了。我一直不敢告诉爸爸和妈妈。当时您有没有看见？也许您也睡着了没有看见。才回老家来几个月，许多地方我都记不得了，爸爸问我您屋里这里那里是什么样子，我都记不起来了。爸爸说，过一年，我就会通通忘记。可是我不愿意忘记您！冬天到了，爸爸会带我去看您，那样我就不会忘记。爸爸说，老年人跟小孩子一样有孩子气，小孩子也跟老公公一样善忘。这真是奇怪！爸爸告诉我，他要写一篇故事：说有个少年善忘，三个月没见着的事物就记不得认不得了，连三个月没说过的话也不会说了。他爱上了一个少女，但是他们因事不得不分离一年，他们两人都很悲伤，生怕三个月以后，少年就再记不得甚至认不得少女了。爸爸要把那个悲哀的情状写出来。好在我不是那个少年，我不会忘记您的。那些紫花酢浆草都好吗？爸爸移了几株回老家种，都没有活。老家没有那样的草。请代替我向她们问好！我们搬回老家来的前几天，有一只报春鸟时常在围墙上唱歌！爸爸说那只报春鸟回北国去了，要到秋天末尾才会回来。希望冬天去看您时，也看到它！您要好好儿保重喔！我很好，爸爸也很好，请放心！北风起时，我们去看您。再见！

第二天，带了小女儿到镇上寄了这封信。村子里就有邮筒，但邮差认得我的字，被认为发了老疯癫，对我固然不好，对邮差也不好，还是避免的好。

信

（续完）

　　寄了信回家，小女儿问信几时寄到？老父说大概明天可以寄到，最迟后天一定到。小女儿问屋子会不会回信？老父说大概不会回信。老父教小女儿看看老家，看看有没有看到手？小女儿找不到手。小女儿说应该有眼睛。老父说也许有眼睛，有人的眼睛一般大就很够了，像这样的眼睛藏在屋子的某个地方，人是很难找到的。

　　毕竟儿童的世界是活物的世界，那里充满了生命，小女孩可以抱着布娃娃摇着它睡，小男孩可以对着一粒小石子说话。

　　小女儿很满意老父赞同屋子有眼睛，却不满意老父持无手的说法。终于她找到了手，小女儿说，那左右窗上的窗檐就是屋子的手，还说它会动。

明天，小女儿说屋子已经收到信了。

"爸爸，屋子现在知道我们在什么地方了，他放心了！"

"当然，现在他放心了。"

于是小女儿走出庭院，独个儿玩去了。老父看着小女儿一个人玩，心里总有几分难过，那里阳光、土地、花草、蜂蝶、鸟儿、轻风，抬头是辽阔的蓝天，一切都有了，只差一个同龄的玩伴。但是，她一个人玩着，倒是那样的纯净。其实人只要有一丝一毫争执、争夺、愤怒、倾轧、伤害的念头，活着就不值得了。孤独是无上的幸福，那是没有蚊蝇的世界，没有虎狼的世界。

后天，小女儿早上醒后，尽兴奋着在等待屋子的回信。午后接了一叠信件，一件件给老父看，要找出屋子的回信，小女儿失望了。

"爸爸，屋子怎么不回信？"

"才第三天，没有这么快。"

"明天会不会回信？"

"爸爸也不晓得，也许会，也许不会。"

"会的，会的。"

过了一会儿，小女儿又问：

"爸爸，屋子会不会不回信？"

"不一定。他收到信，放了心就好了，也许就不回信了。"

"他总该告诉我们收到信了。"

"爸爸给人家的信，有不少都没有回信，甚至寄东西去，都没有信。"

"是这样吗？"

小女儿一天天地接信，一天天地失望。老父倒希望小女儿忘记。但是天天有信件来，只要十天没有信件就好了。

十天过去了，小女儿终于认定屋子不回信了，便跟往常一样，照样去接信件，没有一点儿有过这回事似的神色，老父看了，不由得不佩服。

约半个月后，这一天小女儿去接信件，蹦跳着跑了进来，说是有位阿姨给她信——小女儿是认得自己姓名三个字的。老父看了吓了一跳，居然是屋子先生的回信。小女儿听见是屋子的回信，跟她外婆寄给她洋娃娃一样的兴奋，当然老父得优先念这封信。

老父念，小女儿静静听着：

岸香小朋友：复者信有收到了，知道你们没有迷路，没有被歹徒捉去，有所在居住，我非常欢喜。你有许多朋友，真好。你不要怕小绿，小绿和你一样可爱。你在我的新衣上涂画，没有关系，过几年再换一件新衣就是了。老家的旧衣，你不爱涂画，佳哉！你问我有看到那两个人没有，我寐去没有看到。大浴室小浴室一样洗澡，没有关系。自你们搬走，没有人搬来住，欢迎你们来玩。紫花酢浆草同样好，她们问候你。我健康元气，不必挂念。祝你们好，随时欢迎。

屋子大朋友　具

看笔迹，又读过信文，显然是一位热心的老先生代写的信，文中还夹杂了当地方言和日语。小女儿听了信，兴奋地一叠问了许多话，一定要老父明天就带她去看湖边屋子。老父拗不过，只有答应。

恣　骂

　　若由外人看来，老父必定是发了神经，但小女儿司空见惯，知道每隔几天，老父就会爆发一阵恣骂。

　　"爸爸，你又在骂那一批人了吗？"

　　老父点点头。

　　"老天怎么不处罚他们？"

　　"老天管不到。这个世界归自然律管。"

　　"自然律怎么不处罚他们？"

　　"他们正顺着自然律，就像一只木筏顺着宽阔的溪面流去，自然很顺畅。"

　　"爸爸，木筏是什么？"

　　"木筏就是用一截截木头拼排做成的船。"

　　"知道啦！爸爸，溪面都是宽阔的吗？"

"不一定。有的地方窄，那里水急，很危险。"

"那么这些坏人到了那里就惨了！"

"是聪明人就不会危险，但坏人都是愚蠢的，一定逃不过。"

"那个时候他们就得到处罚了！"

"就得到处罚了。"

田园生活固然宁静，但陶渊明还得饮饮酒才能忘怀人世。若陶渊明不饮酒了，那就表示这个人世已变成天堂，坏人绝灭了。他饮得越多越勤，就表示这个人世越是充满了罪恶。诗人饮酒，是人世的寒暑表。

这一天收到一本赠阅的所谓诗刊，又在村子里店仔头买日用品带回来半张包装报纸看到一首所谓诗，不由又爆发了一阵忿骂。

"爸爸，你又在骂那一批人了吗？"

"是另一批。"

"噢，有那么多批！他们也是坏人吗？"

"他们是脏人。"

"脏人？"

"很脏，脏得发臭，连他们写的字都发臭。"

"爸爸，我闻闻看。"

"不值得，脏了你的鼻子。"

陶渊明之前，出了不少诗人；陶渊明之后，也出了不少诗人。现代再出不了诗人啦！庭前那株桂花树，那是诗人，每到深秋就开出满树的花，放出洋溢四周的香气。这里任一株树任一株草都是诗人，它们都会开出花，放出香气；它们一身是美。不是一副美的生命，怎可能是诗人呢？

忧　郁

小女儿的日子一派天真，老父的日子则不得自在。赖田园抚慰，老父不平的心虽时不免悲愤，时不免忧郁，幸保得生机未全斫。

"爸爸，你的眉头为什么老皱在一起？"

"太阳公公照得太亮了。"

小女儿拿镜子自照。

"爸爸，我的眉头没有皱在一起呀！"

"那是你的心跟太阳公公一样亮。"

"爸爸的心不亮吗？"

"不亮。"

"为什么？"

"爸爸眼看着坏人为非作歹，没奈他何，自然不会快乐。"

"把坏人抓起来！"

"爸爸要能抓早抓了。"

"坏人都是巨人吗？"

"都是小人。"

"那不好抓吗？"

"……"

"叫警察抓？"

老父不由得从忧郁里笑将出来，小孩子总归是天真。若人人都像小孩子那样天真，也没有坏人，也没有忧郁了。

这一天是阴天。

"爸爸，今天没有太阳，你为什么也皱眉？"

"是吗？爸爸以为太阳光很大呢！"

"爸爸真奇怪！"

小女儿拍手笑了，老父也笑了。跟小女儿谈话，阴暗的心底，时时有阳光照进来。

屋角下是老父忧郁不堪时最能得到抚慰之所在，那里屋基突出壁外半尺多，靠壁坐着，右手一丈外便是两棵老檬果树，巨干如柱；前面望去，是一片年轻檬果树林，有多种鸟儿，穿梭鸣唱。只有坐对草木虫鸟，才得和暖心头的弥漫。

"爸爸，你在看什么？"

"看树啊！"

"树说什么？"

老父在小女儿心目中，是个通鸟语、通树语、通虫语、通草语甚至通石语、雨语的灵通者；在小女儿心目中，凡存在都是生命，都有情意，会互通款曲；因为老父是她无所不知无所不能的导师，自然就成了她无所不通的沟通者了。

"树说……"

"树是不是说她很漂亮？"

"嗯，不错，树说她很漂亮呢！"

"我看树，真的很漂亮！"

"怎么不漂亮啊？有那么好看的树干，那么好看的叶子，当然很漂亮！"

"爸爸，人没有树好看，也没有草好看；我看，人最不好看。"

"为什么？"

"人没有好看的颜色。"

"的确是，人没有好看的绿颜色。人只有乌黑的头发。"

"爸爸，树叶、草叶都是黑色，怎么样？"

"那太可怕了。"

"像西洋人金发呢？"

"那太刺眼了。"

"人也没有狗好看。"

"怎么说？"

"小狗毛毛的，多可爱！婴孩光光的，多难看！"

"你说得是，人最难看，也最不可爱。"

"树说什么？"

小女儿认为树在一边听着，该会搭腔说话。

"树说她不喜欢人，但她喜欢爸爸和岸香。"

"爸爸，问树最喜欢谁？"

"树啊，你最喜欢谁？"

"她说什么？"

"她说最喜欢鸟儿。"

"鸟儿最美丽最可爱啦！"

老父的忧郁总算暂时和缓了下来，但无法根治。

歌

古诗云：悲歌可以当泣，远望可以当归。这两句诗的确写尽了人情郁结的情状。

老父心里不舒坦，不免吟吟诗唱唱歌，小女儿要是在屋内，就捂着耳朵跑出去，要是在屋外，就捂着耳朵跑进来；而且一路哈哈笑，摇头说老父的腔调很难听。到后来老父竟不敢吟诗唱歌了。

老父久已不敢唱歌，这一天近午，在厨房里忙着做饭菜，不经意哼了出来，才哼了两小节，小女儿捂着耳朵跑了进来，在老父跟前又笑又跳，弄得老父不免自觉得滑稽也笑了。

"爸爸，你为什么要唱歌？"

也许小女儿认为无缘无由唱歌是怪事，歌应该在

"节目"里唱。小女儿只两个时间里才唱：一个是在电视机前和着卡通片头曲唱；一个是她的固定的"向晚节目"，在檐下唱。平时绝听不到她唱歌。而且她也没有什么歌，几支卡通曲一过时也都蛀节了。

"人快乐的时候唱歌，不快乐的时候也唱歌。"

"爸爸快乐呢？不快乐呢？"

"爸爸老了，没有什么快乐了，有的是不快乐。"

"为什么不快乐起来呢？"

"一个人快乐不快乐全看他的脚。"

"脚怎么样？"

"脚轻的人就快乐，脚重的人就不快乐。"

"我的脚很轻！"

小女儿蹦了起来说。

"岸香的脚轻，岸香就快乐了啊！"

"爸爸的脚重吗？"

"好重噢！因为脚重心就重了。"

"爸爸坐一会儿，会轻一点儿的。"

"当然坐一会儿会轻一点儿，就会快乐一点点儿。"

"爸爸回厅里坐嘛！"

"饭菜做好了，爸爸就去坐。乖！去玩儿吧！"

台湾早期历史记载：三百五十年前，约当荷兰人时代，西部平原上有百万头梅花鹿，森林直生长到海岸。每想起来便油然神往。那时自北而南，山脚下住着猎人头的生番，没有人敢走近山，更不用说入山去。山上亿兆章树干直径几米大的神木，因此得到保护。现在的阿里山，那时整条山脉覆盖着直径两米以上的神桧，黑压压的，日本人初回入山，惊叹为黑森林。这原始大山也令我神往。那时疟疾与热带病严格限制着岛上的人口，居民得以过着安定的生活。第二次世界大战结束时，岛上人口不足六百万，黑森林才侵蚀了几个山头：阿里山、八仙山、太平山；其余仍旧。平地上固然再无鹿迹，但到处是荒地，人口还算相当稀薄，记得小时候看到人总激起一阵喜悦。三百五十年前不敢奢想，四十年前已成梦境，脚如何不重，心如何不沉！美国加州红杉，赖几个新闻记者和农人挽救了下来，才得免于绝灭，不然早被砍卖净尽，私饱贪官、奸商腰袋了。台东、花莲两县人口合计不足六十万，你看，海、陆、空，辟了多少通道？山上值钱树木砍光了、矿挖空了，核能发电厂南北一厂厂施设，你知道个中奥秘何在吗？自然是尽人皆知。实在太贱了，没有一丝人性教人尊敬！但反过来说，有心人有几个能够脚不重心不沉呢？

舞

　　傍晚时老父总喜欢搬出一张椅子，在檐外的庭面上坐着，看晚霞，看燕子低飞到头顶上来掠暮蚊。晚霞，小女儿也会看；燕子则很少引起她的注意。她本身就是一只燕子，翔个不停，只有静的才能吸引她，一般是动，自然不容易吸引。大概都是老父指给她看，告诉她是燕子。小女儿似乎不大能辨认鸟儿，单是燕子，告诉她多少遍了，有时竟说是麻雀；或许就为的鸟儿是动的。太阳低，燕子也飞得低；太阳高，燕子就飞得高；阴天里，单看燕子的高度，便约略可知道太阳有多高了。这是很有趣的现象。然而当向晚燕子低飞时，也是小女儿出场唱歌演舞的时段了。老父搬出椅子，坐下来不到几分钟，小女儿便带出一节玩具——多半时候是吃光了的巧克力塑胶筒，交给老父当麦克风，于是节目便开始了。

老父将"麦克风"凑在嘴边说：

"娟娟小姐要唱什么歌？"

说着将"麦克风"移过去，小女儿便凑过嘴来说：

"嗯，……唱小甜甜。"

于是小女儿接过"麦克风"，便在檐廊下唱起来了，唱风看来俨然是个专业演唱者似的。唱完一曲，小女儿一本正经地一鞠躬，老父便报以热烈的掌声——老父的掌声很奇特，响如爆竹，震动檐瓦，大概大路那边都听得见。

照例一曲唱了接一曲。

"娟娟小姐还唱什么歌？"

"嗯，……唱咿呀歌。"

其实小女儿唱过小甜甜就技穷了，哪里还有歌唱？只听得她咿咿呀呀唱着，也听不出有什么曲调。约莫一分钟，她的第二曲唱完了，老父又报以热烈的掌声。

小女儿又把"麦克风"凑过来。

"娟娟小姐还唱什么歌？"

"嗯，……哼哼歌。"

这回连声也没有了，只闭着唇，在嘴里吟着，听来竟像蚊鸣。

大概唱过五六回，实在没有歌可唱了，便改换节目——跳舞。

"伊莎小姐跳什么舞？"

"不是伊莎，是小英。"

老父故意逗逗小女儿，伊莎是卡通小甜甜里的坏女孩，专跟小甜甜过不去，小女儿对她恶感透顶。

"噢，爸爸说错了，是小英。"

小英是另一卡通的主角。

"小英小姐跳什么舞？"

"嗯，……拉拉舞。"

老父也不知什么是拉拉舞，反正小女儿即兴舞一场总有名称。

小女儿的舞样，大概都是从电视上学来的芭蕾舞，再糅杂些圆舞。小女儿随意兴地舞着，或一只脚提起脚跟，一只脚向后翘起，两手向上斜伸，或突然来一个回旋；有时小女儿舞下庭来，特意将后脑靠在老父的肘弯里，翘起一只脚，大概又是探戈舞样。

老父则在一边打节拍。

短的一分来钟，长的两三分钟，小女儿自认为跳完了一节，便停下来，两手拈起两边的裙摆，一脚退后，弯腰向前一鞠躬为礼，老父则报以热烈的掌声。

"娜娜小姐跳什么舞？"

片刻之后老父问。

"不是娜娜，是小英。"

"噢，爸爸说错了，是小英。"

娜娜是花仙子卡通里的坏仙女，老父故意再逗逗小女儿。

小女儿舞过十几场，跳得腮帮儿苹果样地红，这时天也昏暗了下来，老父只得叫停。

"卡通时间到了，我们进去吃饭看电视吧！"

老父一只手牵着小女儿的小手，一只手提着椅子进屋去，心里感到无边的欣慰。

白天里，小女儿也有不定时的舞，只要老父哼出古典大曲，小女儿就放下书本、玩具，在厅里跳起来。唱歌吟诗是不许的，但干哼古典大曲是小女儿最喜爱的。

就中[1]勃拉姆斯的匈牙利舞曲小女儿最喜爱，往往哼得老父嘴酸喉渴，小女儿舞兴还一直在上升。

有了电唱机就好了。小女儿还未出生前几年，一架老电唱机在空田里焚化掉了。感谢它为我服役十几年，火是干净的，也是神圣的。

当然，朋友们或许不赞成我这遗世独立的生活，小女儿有机会正式学学芭蕾舞不很好吗？当然不好！起码我觉得没有什么好。我看着小女儿随意兴地舞着，心里面感到十分欣慰。从来鼻哼口唱，手舞足蹈，是内在情感的抒发，哪有一定格式？现时的小女儿们学钢琴学芭蕾成了时兴。朋友亲戚间，从洋房、轿车竞赛起，主妇的时装竞赛，丈夫的职位竞赛，接着是小儿女们的学业、技艺竞赛。一个小女孩儿，要学钢琴、学芭蕾、学书法、学绘画、学作文、学英语、学心算、学计算机，还学速读，为谁来？为了一家之主的母亲来。这新兴的家庭小王国暴政，幸得免除，小女儿才得有逍遥自在像个小孩子样的生活，还能人溺己亦与之偕溺吗？

---

[1] 就中：其中。

皇帝豆与乌嘴鸒[1]

小女儿不知何故，极喜爱种子，一拿到手就种。也许是种子里蕴藏着神秘的生命，看着一粒小石砾般无生命迹象的死物居然暴出生命来，那种不可思议的惊奇吸引着她吧！

小女儿种过不少种子：谷子、草籽、树籽，连茎节、块根也种；但全都给害虫戕残了。农药越凶，虫害越烈。几十年前，我童年时代，那时还未使用农药，种什么都活；虫害不是没有，都是眼睛看得见的，为害也轻；现在的虫害，其势凶，眼睛可见的之外，多的是眼睛看不见的，没有农药护着，几乎全不得活。

---

[1] 鸒：bì。

秒，家园看来像一片废墟，跟小女儿出入这宅院，有似乎一只老鹿带着一只幼鹿，或者改个更确切的比喻，竟像一只老狐带着一只幼狐，在人境外营野生生活，这老狐不时须得潜入人境中偷鸡摸鸭，一日三餐，鱼肉菜蔬，全仰给于村中的鱼肉担菜蔬摊，吃那些自己凭自然力无法饲养无法种植，打了针喷了药的农产品。

这一日清早，在庭中散步，瞥见庭面上暴出一枝三寸许高的豆梗，举着约有拇指大还带着豆壳的两片豆瓣，这分明是皇帝豆（也叫菜豆，又叫莱豆），一定是小女儿在老父买回家的菜色中拈了一粒种了的。

小女儿起床后照例是往庭面跑，那里有的是她许许多多的宝藏与秘密——到底有多少，她自己也记不清。

不一会儿，她喊着：

"爸爸，哇，我的皇帝豆抽芽了！"

真奇，一夜之间抽出三寸许长的梗！其实是前一天便出了土面了。人的注意力总是极有限，你一眼看去以为全入眼底了，其实是挂一漏万；真叫人样样都看到了，你会受不了，会发疯。

"要好好儿护着，别让害虫吃了！"

"爸爸，没有害虫！"

"就会来的！"

大约过了三四天光景，也许过了个把礼拜——老父脑筋早已返归混沌，数目字往往漫灭成团，皇帝豆居然无灾无难，吐出近二尺长的长须，高举在空中；底下的叶子才有四片。

老父心里面得了一个不科学的判断：大约这皇帝豆也许不为害虫所喜好吧——记忆中的经验印象，皇帝豆依稀少见天敌。果真如此，这回这株豆或许种得活了。

小女儿在厅里玩儿，老父在书房看书，偶一抬头，看见一只乌嘴觷鸟正飞落在皇帝豆株旁。

"嘿！你这小家伙，可别剪了豆须去啊！"

老父不由慌叫起来。

"爸爸，你说什么？"

"没有，没什么！"

老父赶紧走了出去，站在檐下看，乌嘴觷就在一丈内，偏着头看老父，并不飞去。这乌嘴觷，自头至尾，才十厘米长，跟麻雀同属文鸟科，粗而短的喙，头背黑褐色，胁腹白色，胸前结着一块褐色布料似的围兜，像唾承（北方人叫围嘴儿），或许说它像餐巾更明白些。每半秒钟全身振一次，颇高的频率。果园里有数百株的檬果树，不肯筑巢，偏爱选在庭边屋角。园中有的是筑巢用的草，也不肯用，偏爱在庭面上取材；是这样天生爱接近人类的鸟儿。它筑巢的材料，最爱用碎米知风草，蓬松柔软又好折取；榕须、豆须，只要细长惹眼，难免遭殃。看它顿鼠尾粟、牛筋草，很好玩，半天顿不断。这皇帝豆须，看来它大有兴致。然而它到底低下头去，在土面上折取了碎米知风草。

　　这几日间，老父不得不格外防护些。不敢告诉小女儿，一经驱逐，怕永远不敢再下庭来。

　　又过了几日，没发生意外。

　　"真乖，这乌嘴鬐！"

　　"爸爸，什么乖？"

　　"乌嘴鬐呀！"

　　老父于是将乌嘴鬐和皇帝豆的事儿告诉了小女儿。小女儿听了也赞叹着：

　　"真乖，可爱的乌嘴鬐！"

　　庭面上搭高棚，妨碍老父观星望斗，老父打算搭个离地一尺高的豆棚，样子也许滑稽，这迷你棚还是实用的；不见那摩登女郎，那迷你裙才有一尺长，不也很管用吗？

臭钱鼠

小女儿看过了卡通，晚饭却还没喂完，还吵着要老父讲故事。新近老父编了一则老阿公一则老阿婆的故事，几乎天天讲，实在讲厌了，小女儿还是要听。小女儿真有本等，每次都跟第一次一样新鲜，只是她已晓得情节的发展，每转一个情节，她都张大眼睛预期着。老阿公这一则情节多，她便一次次张大着眼睛，兴奋地等着故事的转折，老阿婆那一则没多少情节，但那老阿婆的滑稽叫她喜欢。

"吱吱吱吱吱——"

故事正讲着，门外庭面上忽响起嘹亮而圆美的急促乐音。

"鸟儿！"

"不是鸟儿，是钱鼠，臭钱鼠。"

"钱鼠？"

"岸香没见过钱鼠。钱鼠也叫鼢鼠，专在土皮下鼢着，吃蚯蚓、土虫，也许还吃些好吃的草根。"

"卡通有！卡通有！"

小女儿拍手叫。

"卡通有过，好像是小蜜蜂。"

"是小蜜蜂！"

小女儿高兴极了，但不一会儿，小女儿疑惑地问：

"不是老鼠，它是鸟儿！老鼠会唱歌吗？"

"老鼠当然不会唱歌，钱鼠却会唱歌。"

"很好听呢！它是夜莺。"

"对，它是夜莺。"

《安徒生童话》里中国皇帝有一只夜莺。

"它为什么不再唱了呢？"

"爸爸也不知道，它高兴就唱。"

"爸爸，它什么模样？"

"噢，它像鸭嘴兽（小女儿晓得鸭嘴兽），但嘴是尖的，很小，才有岸香的手掌长短。"

"都在庭院里吗？"

"很久没看到没听到了，爸爸以为绝种了，幸好还在。"

"爸爸，我们出去看！"

开了门出去，果见它在檐阶下爬着，见了人，吱吱地一鸣，便躲入草丛里去了。

小女儿太高兴了，蹦跳着说：

"它是夜莺，它不是老鼠。"

入屋内后，小女儿问：

"爸爸，为什么叫它钱鼠，爸爸又骂它臭钱鼠呢？"

"人们说：夜里有钱鼠入屋，便有钱进来，因为它的鸣声像钱声就叫它钱鼠；人们都很喜欢它，但小孩子们都说它身上臭，其实臭不臭，爸爸也记不得了。"

"它是夜莺，不是钱鼠。"

"是的，我们就叫它夜莺吧！"

一连几晚——都在初晚时候，这只钱鼠都来唱一两回，我猜，它是新近游徙而来的。

这一天早晨，开了门走出庭面，却见钱鼠躺在地上，肚皮上开了一个窟窿，显然是附近的野猫干的。这回回家，连猫狗也没有饲。四周围，到处是野猫；也有一条老癞皮狗，据说是邻村人家赶出来的。

小女儿起床后，我们父女合力将钱鼠掩埋了；小女儿挖地洞，老父给敛了进去。小女儿红着眼眶骂那只野猫。老父禁不住立正向躺在地里的钱鼠举手敬礼。

"爸爸，你怎么向钱鼠敬礼呢？"

"一个'人'活了一辈子，没有做过坏事害过别人，还唱好听的歌儿给人家听，死了，不值得敬它一礼吗？"

小女儿听了老父的话，也举手向地里的钱鼠敬礼。

其实老父之所以向钱鼠敬礼，除了感谢它之外，还有兔死狐悲的情愫。它是生物，我也是生物，它死了，我也会死。一个人活了一辈子，死时没有一个人动感情，这是凄凉的；只要有人动感情，这就圆满了。这钱鼠，有两个人动感情且敬它，它这一生，也就真正得了结束了。

梅　雨

今年梅雨来得晚，又煞得早，大约五月二十五日才到，六月初十就结束了。南台湾在半年旱季之后，极端盼望一次温善的甘霖，好让大地透湿得沦肌浃髓，以迎接初夏丰溢的阳光，迸发出不可夭遏的生机。

雨开始下，头一天刺探似的，落落停停；第二天起便绵绵的来了。起初小女儿十分高兴，禁不住跳出檐外，兜个半圈，再跳进来。

"爸爸，地面太干了，老天浇水下来。"

"奇怪不奇怪？"

"奇怪！"

小女儿好像忘记了曾经看过雨，仿佛这是她出生以来头一场，所谓大旱之望云霓，小孩子无意识中也有了这种渴望。

连续下了一整天，小女儿没法儿出去玩儿，尽缠着老父。老父却爱这和驯的雨脚，搬出了椅子，坐在檐内看。玩具玩儿也玩儿够了，故事讲也讲腻了，小女儿就跟着老父在檐内看。

"爸爸，老天还没浇够吗？"

"还早呢！我们这里有半年多，正好七个月，有两百多天没有下过雨，土地干到了地心，要许久才浇得湿透。"

"还要几天？"

"本来要三十天，这次来得迟，顶多二十天。"

小女儿噘着嘴。

"你没看见草很高兴吗？"

小女儿审视草。

"真的，草很高兴呢！"

小女儿精神来了。

"乖，小草，你们高兴，我也高兴！"

说着蹲了下去，伸手摸檐阶下的草，给檐溜滴了一头。

"狡古狯，浇湿了人家头发啦！"

"雨以为头发是草呢！"

"哈哈，雨好傻哟！不晓得是头发！"

小女儿得意地笑着。

"爸爸，雨也浇石头呢！"

"石头底下有草的种子，有了雨水就会发芽。"

"真的吗？"

"当然是真的，雨一点儿也不傻！"

"雨也很聪明。"

小女儿两边评判，傻归傻，聪明归聪明。这倒好，大人往往拿一边抹杀一边。

小女儿天天跟老父在檐下看雨，制不住她时时踏一只脚出去，又急急缩回来，跟雨与檐溜比斗。小女儿自以为伸缩得快，绝对滴不到，但再快还是滴到几滴，越是滴到，越是不服气，就跟听故事一样，玩儿上千百遍也不腻。

有一天小女儿看雨看得出奇地安静，老父正疑惑着，小女儿忽问：

"雨说什么？"

"雨说话了吗？"

"爸爸，你听，雨一直在讲话，没听到吗？"

"听到了，的确讲个不停。"

"它说什么？"

"它们在说，它们从南海，从很远的南洋来，为的是爱台湾的土地、草、树、虫、鸟和人。它们听说这里太干燥，都快没有水了，大家就一起赶来。"

"谁告诉它这里干了？"

"是最后一批东北风告诉它们的。它们央西南风一路送它们来。"

"雨，谢谢你的好心！"

小女儿一脸虔敬的表情对雨说。

约十天之后，石灰壁上的白石灰因湿气膨松了起来，好像长了一厘米厚的白霉。小女儿很诧异，拿了支小芦苇秆去刮，刮得兴高采烈。

这一日，梅雨快近尾声了，雨隙也多了，老父指给小女儿看：

"岸香，你看那只麻雀！"

"啊，黑的，哈哈！"

"好滑稽！"

"真滑稽！爸爸，它怎么变黑了？"

小女儿每天都偷偷地在庭面上的某个角落撒些米给麻雀吃，梅雨期一有雨隙也不忘记。

"连麻雀都发霉了，可笑不可笑？"

"很可笑！哈哈！"

小女儿喜欢尽情地哈哈笑。

"其实麻雀身上并不会发霉，那是屋顶上的瓦发霉了，它在瓦沟里钻出钻入，就擦得满身黑，哈哈！"

连老父也禁不住笑。

老父对这梅雨是一心的欢喜，不厌它来多久，它把这一带输足了水分，好承受即将来到的盛夏的酷热，且让这一带的植物有超量的血液用以攫取那无边丰沛的阳光。

桑 葚

梅雨过去了，小女儿又回到庭面上活动了。她那细白石连缀而成的围城，小扁石竖成的一寸碑，细枯枝插建的寨，随处埋藏在砂里的一元钱铜币、红项珠、白纽扣，一寸直径半寸高透明的糖果塑胶筒盖的量雨计，给长期的梅雨，打毁的打毁，埋没的埋没，浸烂的浸烂，小女儿忙着去寻找和重建。

"爸爸，雨狡古狯，人家的宝石和金币都找不到了。"

"不会流走的，都埋在砂里，慢慢儿找。雨跟你玩藏宝的游戏，你不要输了，要好好儿找出来！"

"岸香不会输！"

只见她热心地翻找，却只找到了一颗红项珠。小孩

子没有耐心，一会儿工夫，注意力与兴趣就转移到别的地方去了。

约费了一周的工夫，小女儿重建了她的庭面，部分宝藏似乎就那样永远埋没不见了。

这一日午后，白日为浮云所蔽，小女儿在外面玩儿，忽惊慌地跑进屋来。

"爸爸，虫！"

"又不是没见过虫，怎么这样怕？"

"天上掉下来一只虫。"

老父跟小女儿出去看，果然是一只乌黑大毛毛虫，约一寸长，有小指粗，前段三分之二乌黑，末段三分之一乌红。老父患有严重远视，只能看个大概；但依稀看见乌红的尾部伸出一条绿色的刺。这就怪了，有尾刺，不可能配的绿色。走进去拿出眼镜戴了看，不禁笑出来，原来是桑葚，不是虫。

"一定是白头翁飞过，落下来的。有没有看见鸟儿飞过？"

"一只鸟儿，从那边来向那边飞去。"

"不错，一定是白头翁，它们在西边找到桑树。这是桑树的果子。"

老父伸手捡了起来，小女儿不敢碰它。

"好不好吃？"

"当然好吃！白头翁带回去喂宝宝的。"

"鸟宝宝吃不到了？"

"多得是，到处有浆果。"

现在屋边果园地北边，从前有棵桑树，树头有几十年了，也许比拓荒年代还久远，年年被砍，年年长新，这次回来已不见，也许枯死了。再向西，村人的地没见有桑，不知道这白头翁多远去采撷来？这颗桑葚太宝贵了。

"爸爸，我们不要吃它。"

小女儿见籽就种，这回得到这颗稀奇的桑葚，当然很诱引她，老父假装糊涂。

"为什么？"

"种成树呀！人家要看它是什么样的树。它会结很多这样的果子，就有很多果子吃了。"

"叫桑葚，这毛毛虫的名字叫桑葚。"

小女儿笑了。

"你这毛毛虫，吓我一跳！"

"拿去看看！"

小女儿还是不敢碰，往后倒退了一步。

"还怕吗？"

"怕，有许多毛，它是毛毛虫。"

我们父女一同找了一个合适的地点，将桑葚扔入草丛里，鸟儿看不到，机缘交会，那里就会长出一棵久已不见的树来；对于小女儿来说，就会长出一棵未曾谋面的树来。

西北雨

　　时序进入七八月，这近山一带几乎每日午后都有一场骤雨。闽南人把骤雨叫西北雨，雨却未必自西北来，这是很奇怪的名称，一向困惑了不少方言专家。其实西北雨这一语词是夕暴雨的讹音。西北雨，骤起骤歇，自下午二点起至四点；或向后移，自四点至六点；有一年全打暗西北，时间在上半夜。这种骤雨来得骤去得也潇洒，从不藕断丝连，拖泥带水。

　　祖母回来把庭面的草拔得精光，老父未免不胜落寞之感。但西北雨勤勤地来，像彩画家一笔笔地抹，绿意越抹越浓，老父也就一天天快活起来。

　　小女儿出生以来，这是第五个年岁，今年算是首次接触西北雨。头一天乌云四合，在低空旋卷，老父想把

91

小女儿牵入屋去，但小女儿略无畏状，宁愿在檐下看。

西北雨不止乌云翻腾可怕，雨势大可怕，最可怕的是接二连三的霹雳，声光齐发，电光闪处，霹雳贯耳。

"我们进去，霹雳就起了。"

"霹雳是什么？"

正说着，一道闪光自云中直贯入地，霹雳即时打到。小女儿毫无惊吓，只耸了个身。

老父把小女儿强行拉入，又是一个霹雳。

"这就是霹雳。"

于是暴雨砂砾般随暴风扫来。

霹雳。

"爸爸，"

霹雳。

小女儿捂着耳朵跟老父笑，她的问话被霹雳打掉了。

"爸爸，"

霹雳。

"狡古狯！"

霹雳。

暴风雨打得屋瓦上如万马奔腾，屋外一片白茫。

霹雳。

一场西北雨，除去乌云四合的序引占半小时，尾声占二十分钟，自第一个霹雳至最后一个霹雳一小时十分钟，七十分钟之间，少说也有一百六十起，平均每分钟两个半霹雳。见到电光，已来不及掩耳，你得一直捂着耳朵才行。捂着耳朵也没用，屋子震撼，胸腔也震撼，心脏在胸腔里像钟摆，你压不住它，它一连二，二连三打来，心脏就在里面颤摆。连又聋又瞎的人，它也让他感知它来了。它在摧陷廓清，它在扫荡。头几个霹雳实在难受，心脏捶得确实有点儿痛，但十几个过后，你会觉得痛快，打一个霹雳，你的生命就有一寸的扩张或解放，筋骨肌肉无限的畅快调达；打十个就有一尺的扩张；连头脑也在逐渐扩展。爱听古典音乐的人这种经验是常有的，当大管弦乐器悉力齐发时就感到了。人们爱听贝多芬的《命运交响曲》，可以说这种体验是唯一的引诱。但贝多芬《命运》的效果，约当这西北雨的十分之一，实在太痛快。《命运》的爱好者应该经验这西北雨几场，不然未免枉费此生。只有近山才有这西北雨。

"爸爸，为什么……"

94

霹雳。

"雷公在催大阵的雨。"

霹雳。

"像大草原上驱赶遍野的牛羊。"

老父来不及详细解释，小女儿未必听得懂。

霹雳。

"千千万万只牛羊狂奔。"

霹雳。

"大雨像千千万万只狂奔的牛羊……"

霹雳。

"从云上面被雷公赶下来。"

"爸爸。"

霹雳。糟，大庙脊梁末端翘起的龙须被击中了。

霹雳。

霹雳尽在五十米半径内轰击。

把小女儿抱了起来，在屋内找个较安稳的立脚点。

最后决定站在书房门的门限上。

霹雳。

"爸爸，"

"不要怕!"

霹雳。

"不怕!"

霹雳。

霹雳。

霹雳。

雷公在尽职作业。

暴风雨在尽力洒扫。

邻居的瓦屋，庭外的草木，看来显得又惊惧又欢喜，瓦面洗刷得无纤埃，草木清润如翠玉。

当这一阵西北雨过去，小女儿将有许多话要问。

《命运》还一直在敲门，老父拿脚拇指在门限上打节拍。

野浆果

桑葚才投入草丛下的第二天，小女儿就问树苗出了没有，其后天天都问。小孩子没有耐性，这表示儿童的生命力像时间，一瞬也没停顿，耐性表示时间停顿，也是生命力中止，老年人生命力衰微，耐性就相对地大了。当然有些事业要耐性来成就，得把时间扣住才成，这另当别论。

老父想，不如索性带小女儿出去找寻桑树来得直接，不然要小女儿眼看着这颗桑葚发芽、生长、开花、结果，岂不已长成little woman（小妇人）了？

梅雨过后，正逢夏至，盛夏的阳光针般刺人，小女儿又照例晏起，而且晴雨无定，梅雨看来像只猫，依旧蹲在闽浙一带，不时地还把尾巴扫过台湾海峡来，要选个好时间出去，倒也不十分容易。

　　这一天下午刚下过了一阵雨，日头已斜西，夏云还联袂游荡着未肯散。这真是好时会，虽然日头刚洗过一把脸，面皮净得透着溶溶的水光，白得刺目，但谅那夏云再也不肯让它多露脸，于是我们父女便出去了。

　　"爸爸，刚刚下雨，草叶上的雨水，很快就干了。"

　　"太阳公公刚饮了一阵雨，那落下来的阳光还是热得很渴呢，就把草叶上的雨水全舐干了。"

　　"月亮永远不会口渴。"

　　"月亮像个好姑娘，性情柔和，怎会口渴呢？"

　　"太阳公公很久没给人家礼物了啊！"

　　"也许近来他没有钱给你买礼物。"

　　"太阳公公会没有钱吗？"

　　"好人时常缺钱，没有钱。"

　　"咦，这是什么？爸爸，好漂亮哟！"

　　"噢，那是野西红柿。"

　　"能不能吃？"

　　"当然能吃！"

　　这里果园间小陌路旁竟然有一排小野西红柿，不知是儿童吃过撒的种子，还是鸟儿吃过撒的种子；大概是鸟儿播种的吧。摘了一个半红的给小女儿吃，雨刚洗过，不用担心有蛛丝不洁。

"好不好吃？"

"不好吃！"

"要蘸了梅子粉才好吃。我们把红的摘回去，爸爸给你做番茄酱。"

出门时小女儿佩了她的小挂袋，此时她摘下小野西红柿，一粒粒放入挂袋里。老父在一边看，仿佛看到了一场采收，仿佛小女儿已经长成一个田园姑娘似的。这倒是好的，这一大把年纪，追寻了一辈子人生的意义，能够轰轰烈烈给人世做一番事业固然是好，但对本人来说，会有比一片永远安详的心境更好的成就吗？会有比这个更有意义的人生吗？

小野西红柿若是种在庭院里，可算得是很可爱的观赏植物，但在这引不起农人看一眼的陌路旁，任其凋落，化为腐土，不如把它的本株辛勤收集下来的阳光，采回家吃了的好。

父女一路走下去，顺着阡陌转，有时候还闯入新栽果园里。小女儿的小挂袋早已装满，小野西红柿而外，有刺莓、红梅消、龙葵、泡泡草〔苦蘵（zhī）〕、野葡萄（毛西番莲），以上是可吃的；还有不能吃的：山葡萄、黄水茄、倒地藤。老父给分成两格放。

小挂袋装满时，天色不觉已向暮。小女儿饿了，老父从口袋里掏出饼干来；渴了，老父从肩膀上卸下水壶来。

我们父女歇脚的大石旁那棵果树上，一只公树蜥蜴爬在横枝上一起一伏地作威，小女儿眼尖，哇的一声，扑入老父怀里。

大略计算，约莫已走了两个钟头，两公里路。一个才满四岁的孩子，算得是挺健足的了。于是老父背起小女儿，望回程向东走，小女儿在老父背上回头跟红红的太阳公公挥手说再见。不多久，小女儿那嫩颊贴在老父的肩项间睡着了。落日显已沉入地下，南北太母山峭壁上的紫也渐渐褪成灰，上弦月在头顶上，已预为这片田园挂起了一盏上半夜的灯，下半夜自有万点星火接照。

我们到底没找到桑树。那只白头翁是哪里采到的桑甚？在这方面，两条腿脚自然赛不过两扇翅膀。刚开头小女儿一直指着各种树问，后来一路采野浆果，就忘却了；老父也跟小女儿一样忘却了。人的目的往往在半路上迷失掉。人生果真是一场游历，游兴随处诱发，有几个人到达了目的地呢？

讲故事

　　"山下住着一个老公公，头全白，胡须全白，牙齿全掉了，弯着背，拄着拐杖，上山去采野木耳。第二天一早，老公公背了野木耳，上城镇去卖。太阳公公陪着老公公一路往前走。老公公走到了城镇，太阳公公也走到了城镇，挂在城镇的天空上。老公公卖过了野木耳，籴了一袋米，买了半斤花生米，几两盐，几两糖，一罐菜籽油，几尾咸鱼。老公公跟太阳公公分了手，老公公向东，太阳公公向西，各自走回家去。走过一个村边，一个农夫送了老公公一把小白菜。太阳公公快走到家门口了，累得满脸通红。老公公回头跟他挥挥手。太阳公公告诉老公公，前面小心，有只野猫，有只野狼。老公公点点头。野猫来了，躲在小路旁的草丛里，探出头来。'老公公，你头发全白，牙齿全豁，你的背挺不直，我要欺负你，抢你的咸鱼吃！'老公公不理睬，举起拐杖挥去，打在野猫鼻头上，野猫痛得喵喵叫，逃入荒野里去了。野狼来了，躲在树后，探出头来。'老公公，你头发全白，牙齿全豁，你的背挺不直，我要欺负你，我要吃掉你！'老公公不理睬，举起拐杖挥去，打在野狼鼻梁上，野狼痛得汪汪叫，逃入荒野里去了。太阳公公高兴地微笑着走进门去了，老公公也走到了家门口。一只野兔蹲在老公公家门口，在那儿洗面。'老公公你回来啦！''乖，这小白菜你吃！'老公公卸下了背包，趁着天还没全暗，升起灶火来煮晚饭，山上的动物们看见烟，晓得老公公回家了。第二天，天刚发白，一只松鼠从屋角上蹓下来，在老公公枕头边吱吱叫。'噢，你真早！'老公公在枕头下摸着，摸出了几粒花生米，松鼠接了过去吃了。太阳公公探过山坡来，老公公又上山采野木耳去了。"

"爸爸，老公公的头发怎么全变白了？"

"噢！山中的鹿、熊、貛、蛇，许多年也会出一只白的，这表示稀有。人活到七十岁，也是稀有，自然头发就变白了。"

"爸爸，老公公怎么没有牙齿？"

"噢！老公公年纪大了，不会再长高，身体也像一辆用旧了的车子，不大能活动，做不了多少工作，也就用不着有好牙齿来大吃东西。而且老公公人老了，性情也慈善了，没有牙齿才显得不凶恶。"

于是小女儿龇起牙咧起嘴，装着要咬老父的样子。老父连连摇手喊"怕""怕"，小女儿得意地笑了。

"爸爸，牙齿可怕吗？"

"老天生人的牙齿有两个用处：一个用处自然是用来咬来嚼；另一个用处是老天用牙齿来打扮人的嘴；你看年轻人牙齿白得像玉，整整齐齐排列着，不很好看吗？但是人渐渐老了，牙齿变黄了，而且不免用坏了几颗，也不整齐了，那第二个用处没有了，只剩了第一个用处，这不很可怕吗？不如全掉光了更好。老公公就是这个道理没有牙齿了。"

"爸爸，老公公背怎么弯着？"

"人和树都是直直站在地面上的，地心引力怕万物掉出太空去，便紧紧地一样样拉着，树干是硬的，人的背是软的，长久以后就被拉弯了。"

"地心引力真傻，不会给人放松一点点儿！"

"地心引力不敢那样做，万一人飞出去了怎么办？"

"会飞出去吗？"

"当然会！地球转着，时时刻刻都要把万物扔出去，地心引力就紧紧地拉着。"

"老天真伟大！"

"老天是真伟大！"

停了一会儿，小女儿要老父接下去讲老阿婆的故事。

"那老阿婆，还剩有一颗门牙是不是？"

"是啊，那老阿婆很古怪，剩一颗牙齿挂在嘴中间。"

"就是还有一颗牙齿挂着，老阿婆性情并不慈善。"

"老阿婆真傻，麻雀下来吃饲料，她打鸡箅（jiǎng），麻雀吓跑了，鸡也吓跑了。"

小女儿说着哈哈笑。

乡下人家，照例都养鸡养鸭，老太婆看家，手里常拿着一枝鸡箐——一截竹子，剖碎了，留着两三节不剖，当把柄，打在地上，发出嘈杂的响声，用来赶走鸡鸭，以免在庭面上屙屎。

老父编这老阿婆的故事，老阿婆的造型奇特，大大吸引了小女儿的兴致；而且这老阿婆性情孤介，连村里的小孩子们走近庭来都打鸡箐，吓得小孩子们像鸡鸭一样的奔逃，小女儿尤其喜欢这一节。

“老阿婆那颗牙齿什么时候掉下来？爸爸。”

“她的性情像老阿公那样慈善的时候就掉下来了。”

“哈哈！”

“哈哈！”

虽然这故事讲了上百遍，讲得生厌了，看见小女儿开心地笑，老父也不由得跟着开心地笑起来。

祖　母

　　有儿童就有祖母，有祖母就有儿童，就像一棵植物有根部和枝叶一般。

　　祖母喜欢热闹，长年爱住在城镇里，但实情是离不开金孙。老父时常揶揄祖母，叔叔若肯把孩子送回老家来住，祖母永远也不会去城镇住了。祖母的金孙全身都是真金打成的，不整日看顾着，生怕被人家偷敲了一角去。

　　但是祖母有时候还是会回老家来看看。

　　"岸香！"

　　"爸爸，阿妈回来啦！"

　　老父跟小女儿欢头喜面出去开油漆剥落了的铁门。

照例祖母手上总带有几样"等路[1]"，无非老式的糕饼之类，有时候外加一件玩具。

小女儿吃惯了西式甜点，对老式的糕饼没多大兴趣；可是祖母的玩具却格外合她的意，都是小物件，会跑会转的。有时候出人意外，竟给小女儿带回来大玩具枪，电光之外还有多种变化的答答声。

"放着草长成这个样子，像没人住的宅院似的！"

小女儿仰头瞅着老父。

"爸爸，你又皱眉了？"

老父摇摇头苦笑。

每次祖母一回来，老父就为草发愁。

祖母放下了包袱，回头走出庭面，蹲下去拔草。

"阿妈，不要拔草嘛！"

"跟你老爸一鼻孔出气！庭面长草成什么话！"

小女儿护着一株小狗尾草哭。

"留着这小狗尾草不拔吧！"

"吃大人饭，拉孩子屎！"

---

[1]　等路：从客家等方言音译而来，为礼物的意思。

一个半钟头后，原本像一个多髯汉似的庭面，净光光，只剩两道浓眉——剩檐下一小片草莓，庭边一小撮雏菊。

第二天一早，祖母愉快地回市镇去了。

宋人诗云："读书之乐乐何如？绿满窗前草不除。"平生最爱这两句诗，但是读书人中少有人有此福。

"爸爸，阿妈为什么要拔草？"

"农家跟草结了深仇。"

"草不对吗？"

"是农家不对。人类太贪心了，跟什么都成仇，甚至人跟人都成仇。"

蜥　蜴

一个族类的生物中，总有那么一个特立独行的个体：一个群落中的草，就有那么一株格外秀出；便是一堆无生命的石头，也有那么一个格外抢眼。

台湾话，蜥蜴叫土磴蛇，又叫四脚蛇；去掉了四肢，是道道地地的蛇一点儿不错。庭面上，围墙上，大的、中的、小的，随时可见，映着阳光，闪烁着变易不定的光彩，因此它的名字才叫易（现在写作蜴）。

"蛇，蛇进来啦！"

小女儿在厅堂里惊叫。

老父赶紧跑出书房。

"是大蜥蜴，不是蛇，不要怕！"

就是这只大蜥蜴，三番两次想溜进来。

看见大人，它一溜烟逃出去了。

"下次再来，格杀勿论，你给我记着！你们讨食场在外面草地上，你入来干啥？"

老父指着那只大蜥蜴申斥。谅那大蜥蜴也听不懂，但老父是真的动了气。只要小女儿不吓着，老父就无所谓。

"爸爸，它进来做什么？"

"噢，它鼻子灵得很，它闻见了满屋子里蟑螂臭，它想进来吃蟑螂。"

"吃掉蟑螂很好呀！"

"好是好，你怕不怕？"

"怕。"

"那就不好了。你蟑螂也怕，蜥蜴也怕，这一样换那一样，小怕换大怕，怎么行？"

小女儿几乎任何活物都怕。其实，老父也不见得稳如泰山，一只蟑螂落在身上，就急得大跳。生命怕生命，这是生存本能的警觉。

下午，小女儿又惊叫：

"爸爸，蛇在房门口。"

老父又急急赶到。又是那只大蜥蜴，看见大人，先是急得往房门上爬，门板滑，才爬上去又跌下来。陡的，它看见了门底下有隙缝，它背脊有三厘米厚，门缝才有一厘米，竟然往门缝钻，想踩住它的后半身，又嫌恶，一犹豫就钻过去了。

打开房门，怎样也找不着。

"糟！"

老父生怕它爬上床，惊吓了小女儿，不论晚上或午后——小女儿起床四小时后就得睡一会儿昼觉。

不得已，只有大开房门，让它自行出去。

父女约好了，整个下午都不去探看卧房。小女儿权在书房里午睡。

晚上睡觉时，小女儿不肯入卧房，担心大蜥蜴还没出去。

"不要怕，爸爸有法宝！"

"爸爸有什么宝贝？"

"爸爸讲个故事给你听，有个胖女人睡午觉，白天没有蚊子，当然没挂蚊帐，那胖女人一睡着了，就打起鼾来。"

"什么鼾？"

"睡觉时跟猪八戒一样,张开大口,出很大的声音叫打鼾。一只老鼠不知什么缘故,白天里爬在屋顶下,听见底下的大鼾声,吓了一跳,掉下来了,正好跌进那胖女人的口里。胖女人一惊醒,把老鼠吐了出来,那只老鼠真倒霉,早给那胖女人咬死了。"

"哈哈!"

"所以说嘛,爸爸有法宝。"

"什么法宝?"

"就是我们睡觉时挂的蚊帐啊!"

"蚊帐是宝贝吗?"

"当然是宝贝啰!有用的东西,样样都是宝贝。有了蚊帐,蚊子叮不到,神仙的法宝也没这么好。蚊帐的好处多着啦!阿妈常说:一领蚊罩遮九重风,挂着蚊帐睡,不大会感冒,老鼠也不会掉在嘴里;只要四周围塞好,大蜥蜴就进不来。"

"爸爸跟人家一起睡!"

"好!好!"

蚊帐挂好后,周边格外用心塞好压好,小女儿帮老父构筑工事,父女都觉得很满意。

"大蜥蜴也许出去了，就是没出去，也一定爬不进来。"

"爬不进来啦！"

"安心快快睡吧！"

"爸爸给人家哼摇篮曲！"

"好，爸爸哼！"

待小女儿睡熟了，老父钻出蚊帐下了床，又着着实实塞好压好。

"你惊吓着了，定规凌迟处死，给我听着！"

老父居然像个痴呆的莽夫对着整个卧房威吓。

一夜无事。

第二天小女儿跟老父谈蜥蜴。

"爸爸，蜥蜴为什么有脚？"

"它身子太短了，做只没脚的蛇走不动。"

"蛇变短呢？"

"就得通通有脚。"

"真奇妙！"

那只蜥蜴也许早就出去了，隔天又有一只一样大小，又想溜进来，大概就是它。

大　地

　　祖母拔除过的庭面，不半月已有二寸绿，一个月后早已恢复旧观，又是一片全绿，大小蜂蝶和鸟儿都回来了。

　　小女儿在庭面上玩儿着，忽然跑进屋来告诉老父说：

　　"阿妈输。"

　　"阿妈输什么？"

　　"爸爸，你看，草都回来啦！"

　　"噢，这个嘛！全人类都输，阿妈哪会赢？"

　　自五月下旬一段梅雨，沃得这片田园复活，这时节上午是一场大炎日，下午是一场大豪雨，闭了眼，也可觉得到大地生气蓬勃。地球原就是一团生气，在这无生气的宇宙中，它是个异次元，它是这个存有中的活存有。庭面自不用说，田野间你走出去，仿佛给蓬蓬勃勃的生气浮托在空中似的。

下午，每当西北雨的脚步刚离去，老父就牵了小女儿，踏着一路的雨珠，走向田野。

农家的地都种成了果园，视野局促。老父喜爱辽阔的视景，好游目骋怀。我们走向大蔗区新斩了蔗肆的空田，只在村庄外，不很远。

一天天的去，那空田上留的二年蔗，新蘖（niè）出得快，没几天，已出一二尺高。这田野的生气，老父当然是副最灵敏的感应器，一丝一毫无不真切地感觉到。小女儿自从发现祖母输之后，也注意到二年蔗。

"爸爸，他们输。"

在整大片的大地上，谁能赢？没有人能赢得过大地。

"噢，这回是他们赢。"

"他们输！"

于是老父给小女儿讲解人类怎样地把大地当只生蛋的母鸡，捡它的蛋吃。

"噢！"

116

小女儿听明白后，笑了。

"大地真傻！"

小女儿接着说。

"有一个人，只知道做好事，不晓得做坏事，不停地一直把好事做下去，这个人傻不傻？"

"傻！"

小女儿说着又笑了。

当然，一种机械性的行为，看来是没头脑的。

"傻大地！可爱的大地！"

小女儿蹲下去摸着地面说，然后吃吃地笑，抬起头来看老父。

老父报以会心的一笑。

田 野

一场西北雨之后，我们父女又来到二年蔗地，半裸的沙石田地上有不少涉水鸟。

旅行望远镜早因湿气生霉不能用，老父带了一副七十元钱买的焦点定死的玩具望远镜，近距离还相当可用。小女儿抢着看，但不多久兴趣就转移开去了。

老父正看得入神。

"那是什么？"

小女儿翘起鼻子问。

"那是青草味。"

"那是什么？"

"那是雨水味。"

"那是什么？"

"那是泥土味。"

"那是什么？"

"那是日光味。"

"日光有味吗？"

"有呀！"

"那是什么？"

小女儿侧耳问。

"那是鸟歌。"

"那是什么？"

"那是虫歌。"

"那是什么？"

"那是云歌。"

"云会唱歌吗？"

"怎么不会呢？"

"那是什么？"

小女儿任意伸手指着问。

"那是绿色。"

这天地在老父心中也许清明，气之轻清上浮者为天，气之重浊下沉者为地；但在小女儿心中也许是混沌的，她泛问，老父泛答，无有不对应的。

"那是什么？"

"那是青色。"

"那是什么？"

"那是茶色。"

"那是什么？"

"那是灰色。"

"那是什么？"

"那是白色。"

"那是什么？"

"那是蓝色。"

"那是什么？"

"那是黄色。"

"那是什么？哈哈！哈哈！"

小女儿不待老父回答，就自己笑起来了。笑了一阵子之后，小女儿又问。

"那是什么？"

"那是甘蔗。"

"那是什么？"

"那是石头。"

"那是什么？"

"那是云雀。"

一只云雀在小女儿近身处行走。

"那是什么？"

"那是燕鸻。"

"那是什么？"

"那是白鹡鸰。"

燕鸻刚飞起，白鹡鸰刚飞下。

"那是什么？"

"那是斑鸠。"

斑鸠正笔直地跟地面平行飞越蔗田。

老父很想带小女儿更往蔗田腹地走入，又怕撞着了云雀或鹡鸰铺在蔗头下的巢，打扰了人家。

"那是什么？"

小女儿向头顶上指。

"那是云。"

"云在做什么？"

"它在看我们。"

"它说什么？"

"它说想下来跟岸香玩儿，在蔗地上走走。"

"云下来！"

半秒钟后，小女儿转向老父：

"爸爸，云没有下来。"

"风不让它下来。"

"为什么？"

"热气把风向上推，云就被挡着了。"

"热气狡古狯！"

"什么时候云会下来？"

一会儿小女儿又问。

"大清早，或是半夜里，或是黄昏时，云下来就成了雾和霭了。"

"那是什么？"

"那是日光。日光最喜欢下地来，有时候云不让它下来。"

"云狡古狯！"

"那是什么？"

小女儿向下向外一挥。

"那是大地。"

"那是什么？"

向上向远处一挥。

"那是天。"

"那是什么？"

向横里一挥。

"那是空。"

小女儿这一连串的指问，换成绘画，不把田野速写下来了吗？

这就是田野。

喜 饼

也没做过统计，一年中哪些月份订婚结婚多，哪些月份少。旧历七月没有喜事是可以确定的。除了七月，其他月份村子里或多或少，总有人家有喜事。先前户口少，如今大约有六七十户，小女儿吃喜饼的机会居然颇为频仍。

村人有女儿订了婚，照例挨家逐户分发喜饼；小定则只分发一小封粉糕，外加一根香蕉。喜饼种类虽然不多，可也有好几种：五仁饼、凤梨酥、绿豆膨、乌豆沙、桂圆饼等，大约包括了中秋月饼的所有饼色——饼形则有中秋月饼的五倍大。

先是门外有人喊叫，小女儿或在厅里或在庭中，自然是她捷足，往往老父还来不及出去问一声是哪一家的喜事，那人已经回头走了。老父只得出去问邻居，邻居或全家下田去了，厅里也放着一块大饼，他们回来，也跟我们一样，不晓得是哪一家送的。有时候我们父女自己也不在家，更是不可得而知了。即使不到主家去贺喜，在路上相遇，竟茫然不晓得恭喜一声，实在说不过去。分送喜饼的习俗，原是向邻里报喜的意思。在新的社会，戚友相识往往分散各地，只得用登报启事的方式来通告，比起农家安土重迁，分发喜饼，自有道里上的一大段差距。

虽然有时不知道喜事是谁家，切开喜饼来吃，不由得便油然生出喜气来，心头上总为那位姑娘庆贺。若喜气是像有颜色的空气，那么此时此刻，全村定将蒸腾着五颜六色的氛围，邻村人一望便望见了。

老父感发的喜气，只弥漫在心头，小女儿则溢出形表，真所谓喜形于色，且至于雀跃舞蹈。

"爸爸，常常有人送大饼来，真好！"

"这是有个姐姐找到了家啦！"

"姐姐不是有家吗？"

"有是有，那是娘家，暂时寄住的。嫁了出去，才是永久的家。"

"什么是娘家？"

"岸香跟爸爸住在一起，这便是娘家。将来岸香长大了，要离开爸爸，去一个永久的家住。"

"不要！不要！人家永远跟爸爸在一起！爸爸乱讲话。"

小女儿自然不懂得这样的事。

"爸爸，明天还有人送饼来吗？"

"大概不会啦！村子里没有那么多姐姐订婚。"

"后天呢？"

"爸爸也不知道。——好不好吃？"

"好吃。"

不论一色饼，小女儿都爱吃。老父则只爱吃肉饼，绿豆膨还吃几口，其余的全无兴趣，但还是吃一片表示庆喜。近来似乎全不做肉饼了，老式的肉饼，有大盘子大，想起来嘴里便满是口水。每次得喜饼，老父总先看一看标示，总是失望。肉饼或许永远绝制了。若有那么一个机会，送来的是肉饼，老父或至跟小女儿争吃呢！

这一天城里的近亲送了一大盒六色的喜饼来，小女儿一边吃着一边说：

"爸爸，姐姐嫁了，赶快生个女孩，赶快长大，又送大饼来！"

老父听了不由一笑。老年人被时间抛入过去，再无活气。三十岁以前的年少者和孩童则骑住了时间，他们骑着时间驰骋，坐在现在的鞍背上，而据有着永恒。在他们的感觉上时间是静止的，宇宙和他们自己都是永远的，这个天地就是他们的家，而他们是这个家的人，人是不会离开家的。我尝说，三十岁以下的人是地仙，小女儿如今是地仙，地仙自有地仙的奇想。在小女儿的心目中，不止她自己永远是小孩子，连她日日看着的老父也是永远这个样子，不会再老去，将永远存在着，跟她在一起。

鬼　月

　　转眼又是旧历七月，照习俗这一月鬼放暑假。我们的先人想象力真是丰富，连可怕的鬼也有假期，这想象力多美丽多可爱！而且鬼们的度假地是阳间，他们一出了鬼门关，便迤逦朝这边而来了。人间世只差没有鬼们的度假旅馆，不然可真热闹了哩！

　　但是老世代的乡村，七月可成了儿童们的禁月，诸多拘束，大人往往禁这禁那，说得你毛骨悚然。在老世代里，乡下男童是大地骄子，到了七月，却变成小囚犯，原本在白天里到处溲尿的，此时被禁在房里，溲向尿壶、尿桶或尿竹筒，闻那讨厌的尿臭。大人们说，那屋角边就蹲着一个鬼，你溲在他身上，看他怎样对付你？这些无知的男童向老天借胆也不敢随地乱溲了。单是这一件就叫男童感到万分拘束。走路也受禁制，只走路中央庭中心，靠边儿谁也不敢越雷池一步，大人们说，到处是鬼。天还没黑，乡村里再也见不到儿童。真的是鬼气阴森的一个月份，因为有太多的鬼，人世几乎变成了阴间了。

直到这一大把年纪，在这个月里，当着黑夜，逼不得已在外边小方便，心里还不免有点儿那个，幼时观念入人之深可以概见。

小女儿出生的世代不同了，神话一概在褪色，人类理智怒长，而想象力萎谢，人世逐渐的成了单一的事实世界，不是白便是黑，再没有其他色彩。过往世代里，交错着事实、想象、信仰，形成五光十色多滋味的人世，此时仅剩单一色单一味，这个色味再怎样悦目可口，有一天终究会觉得呆视乏味，到那时人类会猛醒过来，人类所求的并非是单一的事实，事实世界并不是一个好的世界，人，并不是事实生物，人，无宁更需要想象的陶醉、信仰的裹蒙，非有此，人便食不甘味，寝不安席，人便无法活下去，若人硬活下去，终究会化成石头人。

如何预为小女儿建立一个非单一的世界，便成了老父日常操持的课题。

鬼　月

（续）

一入鬼月，小女儿便得了感冒。小小女儿出生以来，才看过三次医生，连出乳齿，她都泰然没事。平时因与人隔绝，传染的机会自然是没有的。这回感冒，当然事出有因，但查无实据。大约发烧将近三十九度，给吃了生梨和台凤凤梨罐头，第二天热就退了，第三天差不多全好了，只是脸色显得有点儿苍白。既经隐居了，连有病也该采取相应的治疗方法，除非真有重症。老父感冒一向是不看医生的，除了写《老台湾》期间，因食物反应，严重的心律不整，多年前因心跳过速，看过医生，三十年来，不曾跟医生见过面。老是跟医生见面，哪里是人生？这一次老父大胆地让小女儿接受自然疗法，幸

131

而没有差错，当然这要判断得精确才行。用药如用兵，大军之后，荆棘生焉，能够不服药，还是不服药为宜。

七夕，是好天气，给小女儿加了件单外套，我们父女在庭中看牛郎织女。

"爸爸，人们怎么知道那个星是牛郎，这个星是织女？"

老父指给小女儿看了牛郎织女星，讲了习俗相传牛郎织女的故事之后，小女儿居然发了这样的问话。

老父一时愣着答不出来。

"星是老天造的，故事是人造的，爸爸，是不是？"

"当然是这样啦！"

"这个故事不好听。"

"为什么？"

"星没有动。"

不止小孩子听了这个故事会疑惑牵牛织女二星没有动，连大人都会这样发问。此刻正听见邻居有大人说话，一个说：

"两个星都没有动吗？"

另一个说：

"你看，你仔细看，星在动呢？"

"怎么看不出来？"

"你再仔细看。"

"根本没动。"

"当然没动。"

"你怎么骗人？"

"骗你傻瓜！"

老父叫小女儿听。

听见一个人呼痛，另一个笑。大概一个捶了另一个。

"谁骗你啦！嫦娥飞出广寒宫，广寒宫不还在那里吗？"

"月亮大，星多小。"

"星远呀！"

"你以为星很大吗？"

"大概很大。"

"胡说，星才那么一个丁点儿大罢咧！"

"告诉你，嫦娥住月里的广寒宫，牛郎住牵牛星里的牛涤宫，织女住织女星里的织锦宫，他们踏了鹊桥相会，难道像蜗牛背着房子走？说你是傻瓜就是傻瓜。"

又听见同一个声音呼痛，小女儿听得真切，望着老父笑。

"爸爸，星里面真的住着牛郎和织女吗？"

"人们是这么说的。"

"这是讲故事。"

"有很多故事。传说汉朝时候，就是古时候，有个人在一条大河里行船，他的船竟然行上天河去了。他看见了牛郎在河边放牛，当然他不知道他是牛郎。他问牛郎是什么地方，牛郎告诉他回去问天文学家张衡就知道了。天文学家，是研究星的人。这个人回去后，去问张衡。张衡说，怪不得昨晚有一颗客星犯牵牛座；就是说张衡昨晚上看见牛郎星旁边出了一颗星，那里原本是没有那样的一颗星的。"

"这个故事很好听。那个人到了天上就变成星了吗？"

"就变成星了。"

"是真的吗？"

"故事当然不是真的。但是人不能老在真的里面，那样人会受不了。犯人被关在监狱里。真的事，就像监狱，把人关着。"

　　老父这番话，小女儿当然听不懂。老父的议论癖，有时对着小女儿也难以克制。

　　好在老天给了人翅膀，比鸟儿蝶儿蜂儿，比一切的翅膀都好，好得无以复加的翅膀，那就是想象力。人借着想象力这个超越时空的优异翅膀，上穷碧落下黄泉，从真实里飞出来，翱翔于无限制的所在。

　　"洋娃娃不是真娃娃。"

　　小女儿不一会儿接下去说。

　　"真娃娃是妈妈的监狱。"

　　"岸香是爸爸的监狱。"

　　老父笑着答：

　　"是爸爸的监狱，也是爸爸的天堂；岸香一身都是爸爸美丽的希望。"

鬼　月

（续完）

　　一个鬼月里，有三次祭祀，小女儿高兴极了；平日她一个人独自办家家，材料无非草茎、小石砾和几只蚂蚁，场地不外几寸见方的庭面。难得祖母一次又一次办起大家家来，偌大的桌面，又是正式的菜肴牲醴，又有小人国用的小酒盏整整齐齐地排列着；香一落落地烧，冥纸一沓沓地焚，末了小女儿还抢着拿起小人国的小酒盅来奠酒，实在是豪华至极的家家。这家家虽然豪华，祖母却有许多禁忌，不许她乱伸手，乱讲话，一场大家家办下来，少不得挨好几次骂，祖母气得面发青，小女儿蹦得脸涨红，真的有阴间客，这一顿饭定然是吃得邋里邋遢。

其实人类许许多多的活动，莫非是家家，在小孩子的眼里，更是不折不扣的大家家，就因为是家家，才那么有味地例年长久地热烈办了下来。人类这个大孩童，永远不曾失去他的大童心，即使到了今日，尽人皆知地球是悬宕着浮在太空中，人们仍然高高兴兴地一连二、二连三活泼泼地欢度他们的各种节庆，举行各种庄严的仪式；只让少数失了童心的人去虚无去荒谬乃至绝望。

啊哈，人类只要不失其童心，这个世界便是糖蜜制的；失了童心，就是蜡制的了。

"爸爸，阿妈什么时候再拜拜？"

祖母回镇上去了，小女儿失望地问老爸。

"中秋节阿妈也许会回来拜土地公。"

"还有多久？"

"今天是初一，中秋节是十五，你算算。"

"一、二、三、四、五、六、七、八、九、十、十一、十二、十三、十四、十五，十五，还有十五天。"

"对，还有十五天。"

"还那么久吗？爸爸，今天我们也来办拜拜，给人家办好吗？"

"好是好，拜什么呢？"

"阿妈没拜什么嘛！"

"七月里，阿妈刚拜了三次鬼呢！"

"爸爸乱讲，人家都没看见鬼。爸爸，有鬼吗？"

"谁晓得！有不少人说看见鬼；也有人照相照了鬼。"

"爸爸有没有看见鬼？"

"爸爸没见过，爸爸也不相信有鬼；可是这个世界有鬼比没有鬼可爱。"

"为什么？"

"多一样活物总比少一样好，多了热闹。"

"有很多东西，很热闹。"

"世界上只有人就冷冷清清，没有意思了。"

"爸爸，世界上有多少东西？"

"噢，这个不好讲。大概地说，世界上有两样东西：一样是活物，一样不是活物。"

"不对，世界上的东西都是活的。"

"岸香看世界，东西都是活的；阿妈看世界，连没有的东西都是活的——鬼是没有，阿妈也当它是活的。

岸香和阿妈的世界好不热闹，爸爸的世界冷清多了。"

"爸爸，你过来嘛！"

"好哇，爸爸跳过去。哈哈！"

老父跳了一步，跳到小女儿背后去。

"哈哈，这里好多了？"

"好很多啦！"

踏 声

　　八月土蟗试新声，九月起一入黄昏，遍果园里尽是土蟗声。老父一下子又回到童子身。

　　谁人曾经完全长大过？八十老翁风烛般身命的残焰里岂不摇曳着几许童稚的彩光？在土蟗声竞唱的九月里，老父其实只比小女儿长四五岁，这时老父约莫是十岁不到的男童。实在说，在天蓝地绿的田园里，老父经年岂曾大过十岁？在大自然的怀抱里，人永远是孩童。人一旦真正长大了，就再也吮不到大自然的乳汁了。

　　"爸爸！"

　　老父趁着小女儿看卡通，偷偷地想走入果园，却被小女儿看见叫了回来。

　　"爸爸，你出去做什么？"

"爸爸有比卡通更喜欢的东西在果园里，爸爸出去走走。"

"等一下嘛，等人家看完卡通一起去！"

"好吧！"

卡通，老父一向是跟小女儿一同看的。小女儿四岁时，老父在一旁替小女儿当翻译。现在小女儿五岁了，略微听得懂了，只偶尔问一问，已不怎么需要老父给她当翻译，可是老父还是跟她一起看，老父自己也喜欢看。土蝰声，对于老父却是儿时老远时代的老相识，禁不住被引了出去。

看完了卡通，已经是七点，天早已全暗。

"爸爸，出去嘛！"

"外面蚊子多。"

"爸爸不是要出去吗？"

"是啊，爸爸想出去踏声。"

"踏什么声？"

"踏土蝰声。"

"声踏得到吗？"

"遍地都是，怎么踏不到？"

"带人家去踏！"

"果园里到处是蚊子，不能去。在窗边听就好了，听见了没有，好多土蜢在唱歌呢！"

"听见了，好多好多哟！"

老父抱起小女儿，让她够到窗上来。

"好可爱的土蜢啊！爸爸，它们为什么唱歌？"

"给岸香听啊！"

"真的吗？真乖！谢谢你，土蜢！"

小女儿听了一会儿，禁不住央求着老父说：

"爸爸，我们出去！"

"不行，蚊子多！"

"出去嘛！"

"那得穿鞋袜，披纱绸才行。"

小女儿穿戴好了，老父抱着她出去。

"可不许说话哟！"

"人家不说话。"

"耳朵好痒哟！"

"叫你不许说话还说。"

的确，人一接近土蜢穴，耳膜会被捶击得发痒。

143

"嘻嘻！"

小女儿禁不住耳痒，吃吃地笑了出来。

"不许笑！"

脚趾尖前三个穴嘎地声断了，再往前行，一例的一个穴一个穴关闭了声音，往左行左关了，往右行右关了；再向前行去，后面的穴又开了，向右去左边开了，向左去右边开了。这九月月初是盛时，土蜢鸣得最热烈，等不及急躁着要鸣唱，因之，随阖随开——比成光就是一明一灭；八月里九月末，就不这样殷勤了，一阖要阖好几分钟。这九月初，有轻捷的舞步，可是会得跳一场此起彼落的好踏声舞的啊！

回到屋里，小女儿尽揉着耳朵；老父则觉得好似得了惯性的耳震一般，但全身血脉可是舒畅至极，太舒坦了啊！

日还未出，趁小女儿还未醒，老父下果园去掘那些掘不尽的新生灌木，一个族亲寻了来。

"你这园里可有不少好东西啊！"

"什么好东西？"

"这个、那个，不是好东西是什么？"

族亲望地面土蛮穴指。

听来好不得意。

"别处没有了。"

听得更加得意。

"留着这么多好东西，可惜可惜！"

"什么可惜？"

"酥油吃啊！"

真是大煞风景。

"过午可得提水来灌。"

听得毛骨悚然。

"灌不得啊，留来听的啊！"

"吃了好哇，听？肚里塞了番薯、蒜头，多美妙的滋味儿！"

听得我焦急万分。

"不许灌，不许掘！"

"这么宝贝？！"

族亲笑了笑，赶回家下田去了。

这里我的心却是忐忑不下。

带了小女儿上市镇去，回来发现土蛮穴被灌带掘，数了数，约有二百穴。既痛且恼，跑去问那个族亲，族亲还在田里不曾回来。看来不是他造的孽，大约有成年人带了儿童进来。

"狡古狯，坏孩子！坏大人！"

小女儿也十分气愤。

不得不紧盯着果园，见过几个男童提水进来，给嚷了出去。

九月上旬内，土蜢越鸣越靠近。一天黄昏，居然在西窗下响起了醉人的鸣声来，凑在窗边听，耳膜便受到频接的捶击，太痛快了！抱起小女儿来，父女俩一起饱尝这声之飨宴，爱被捶击多久就有多久，这个声穴可是开而不阖的啊！

第二天，待小女儿睡醒，我们父女俩便去访问西窗下的新邻居。小土粒匀匀地堆着围在穴口四周，穴口里也用小土粒塞着，整个穴表样子看来像个火山口。

"早安！"

小女儿微笑着说。

"爸爸，怎么没应人家？"

"它在睡觉呢！"

"太阳光曝着屁股了，还睡觉！"

"土蜢昨夜唱到那样晚，不能早起呀！而且白天里，有伯劳、白头翁、蓝矶鸫和麻雀，还有大乌蜂，都是可怕的敌人。它得整天在洞穴里睡着，晚上才出来活动：唱歌，找好吃的草叶子吃。"

于是老父带了小女儿走入果园，小火山口似的洞穴到处是，小女儿走过时咦咦地叫。

"掏掉洞口的小土粒看看。"

小女儿蹲在一个小洞穴前看，老父怂恿她。

"土蜢不是在睡觉吗？"

"不好打扰人家吗？不要紧，土蜢不会有危险。"

于是小女儿捡了枝小枯枝，掏掉了洞穴口里的小土粒。

"打开了。"

"看看洞穴深不深？"

"很深，看不见底。"

"我们走吧！"

"土蜢会不会有危险？"

"不要担心，它醒了呢！不要用小石头盖洞口，走吧！"

小女儿还是带着几分疑惑回头看。

走到果园尽头时，老父又教小女儿打开了一个洞穴。

"我们回去看方才打开的那个洞穴去。"

"爸爸，那个洞口会怎么样？"

"回去看便知道了。"

小女儿于是奔跑了起来。

"不要跑，把土蜢都给震醒了，不要跑！"

小女儿停下来，拉着老父的手指，缓步往前行。

接近那个洞穴时，小女儿举起食指按住嘴仰视老父，老父会意点点头。

"哇，洞口关了！"

小女儿惊异地喊，洞口出奇地又塞满了土粒——湿的土粒。

"奇怪不奇怪？"

"好奇怪哟！"

"再打开来！"

"行吗？"

"不要紧，尽管再打开来，不要紧。"

于是小女儿又把新土粒掏光。

"我们回那一头去看那一个洞。"

小女儿兴奋地拉着老父的右食指，蹦跳着。

"不许蹦！"

"爸爸，那边的洞也会塞新土粒吗？"

"当然会。"

"爸爸，我们飞过去。"

"我们要是飞过去，土螶才塞半个洞口；慢慢地走过去，刚好塞满洞口。"

"哈哈！"

小女儿笑着又拍手又蹦跳。

"不许笑，不许蹦！"

走到那一头，洞口果然也塞满了湿土粒。

于是我们父女来回走着玩儿这出游戏，玩了将近一个钟头；那两只土螶也在地里陪我们父女玩儿着。

"爸爸，黄昏时我们再出来踏声，好不好？"

"好哇！黄昏时我们再出来踏声。"

一天，初晚时屋里忽听见吱的一短声，分明那是土蜢。第二天，看见一只土蜢循着壁角边走着，拈了起来看，乃是公的；昨晚是它的鸣声不错。给放在檐下草丛里，天一黑，檐下竟也有了一个声穴，小女儿居然在檐下踏起声来。

麻　雀

　　九月里的雨可真多怪，刚晾了十几分钟的衣服，阳光看着十分明亮，一阵南风来，又是一阵雨，一个上午好几停走雨，急忙抢收衣服，小女儿赶出来在檐下笑。

　　"雨狡古狯！"

　　"狡古狯的雨！"

　　老父气喘吁吁地笑。

　　雨过了，太阳又出来了，老父又出来晾衫。

　　"爸爸。"

　　"什么？"

　　"你看！"

　　小女儿指着邻居厢房的屋顶，距晾衣篙才一丈远，约八尺高的矮屋顶。老父举目看去，两只麻雀正蹲在屋脊上看我晾衫。

"你们倒悠闲咱！"

老父说，小女儿笑。

"它们也出来晒衣服呢！"

老父回头跟小女儿说。

"它们衣服穿在身上晒，真笨！"

老父跟小女儿夹眼说。

"真笨！"

小女儿鹦鹉学舌。

"笨鸟！"

老父又夹眼。

"笨鸟！爸爸，它们怎么不脱下来洗洗晾起来？"

"它们脱不下来啊！"

"好可怜哟！它们衣服不脏吗？"

"不脏。老天爷给它们永远不会脏的衣服穿，就用不着脱下来洗。"

"爸爸怎么知道不脏？"

"你看它脏不脏？"

"不脏。"

"就是嘛！"

"它们很可爱。"

"很可爱，的确很可爱，一切鸟它们最可爱。"

"白头翁不可爱吗？"

"当然可爱啦！一切鸟都可爱，麻雀最可爱。"

"为什么？"

"它们最亲近人哪！"

小女儿照例每日都偷偷放一撮米给它们吃。

一早，小女儿还未起床，老父在厅堂里踱着，一只鸟噗噗地掠过头顶，抬头看，是只麻雀。

"你这家伙，怎么进来的？噢！准是从瓦口里钻进来的！"

"你进得来，出得去吗？纱窗纱门，你得照原路出去咱。"

麻雀见我瞪着它看，跟它说话，着慌地来回飞着，越慌越飞近我，越近越慌，从厅堂飞入书房，又从书房飞入祖母的卧房；飞来飞去，翅膀拍得噗噗响，噗得老父少小时恶作剧的兴复活。它再飞入书房，老父就站在书房的门限上。它一下扑南窗，一下扑西窗，越扑越急，竟穿老父耳旁而过，后来它跌落祖母卧房里衣橱下去了。

小女儿起床、吃过牛奶，麻雀又出来了。小女儿兴奋地告诉老父有只麻雀。

老父坐在书桌旁忙自己的事儿。小女儿呼喊着要麻雀跟她做朋友，麻雀惊慌地来回飞着，几次擦过老父的耳旁。老父忍着——当然很想举手扑它一下，到底忍不住，一掌攫在手心里。

小女儿哈哈大笑，赶紧凑近老父身边。

"爸爸，麻雀狡古狯，给捉到了。"

"狡古狯，外面有的吃，它飞进来。"

"外面有的吃，它飞进来。爸爸，它是好朋友。"

"当然是好朋友。"

"它不肯跟人家玩儿，它狡古狯！"

小女儿满脸堆着爱柔的表情，伸出手来抚摸麻雀的头顶。

"乖，不要怕！我每天给你米吃，不记得吗？怎么怕我？"

"看它的嘴，粗不粗？"

"好粗哟！"

"又短又粗。"

"又短又粗。"

"它为什么有又粗又硬又尖的嘴？"

"它要吃东西呀！"

"岸香吃不吃东西？"

"吃呀！"

"岸香有没有又尖又粗又硬的嘴？"

"没有。"

"为什么没有？"

"不知道。"

小女儿瞪着大眼珠儿看老父。

"岸香有牙齿，也是硬的，跟麻雀的嘴差不多，是不是？"

"人家知道了，人的牙齿和麻雀的嘴一样。"

"可以这样说，却不完全一样。"

"为什么？"

小女儿惯用"为什么"这句问话。

"麻雀的嘴，是牙齿，也是手，又是武器。"

"武器是什么？"

"就是用来打敌人的东西。"

"我知道啦，剑是武器。"

"对，剑是武器，老天给了麻雀一样武器。想想看，别的动物，老天给了什么武器？"

"嗯，牛有角。"

"对，牛有角，老天给了牛一样武器。"

"嘴"字，原本只写作"觜"，是用"此"字做字音加在"角"字上造的字，因此严格讲，人类没有嘴，嘴是角类，鸟才有嘴。

"再想一想，老天还给动物什么武器？"

"嗯，象有长牙。"

"乖！老天给了象一样武器。"

"牙是武器吗？"

"当然是武器呀！猪也有长出口外的牙做武器，会戳人的。"

"老天也给人牙。"

"人没有牙，人只有齿。在口内叫齿，牙是长出口外戳人的。人有牙，不很可怕吗？"

"萧叔叔是牙医。"

"他是治大象和猪八戒的。"

小女儿听得哈哈大笑。现代话很糟，牙齿不分，潮湿不分，烫熨不分。

"一只动物的头长几种武器？想想看！"

"嗯！"

小女儿想了半天。

"奇怪，都只有一种。"

"有了嘴就没有角和牙，有了角就没有牙和嘴，有了牙就没有嘴和角。"

"为什么？"

"有一样就够了，多了不方便。"

"动物怎么晓得？"

"老天晓得。"

"老天真伟大！"

小女儿想留下麻雀来养，老父告诉她，巢里说不定有小宝宝，就是没有小宝宝也该放了它，让它自由。

站在檐下。

"爸爸，给人家再摸摸它的头。"

老父放开了手，麻雀慌忙飞上邻居的屋顶，惊惶地又向前飞蹿，不见了。

"爸爸，它会回来吗？"

"会的，等一会儿就会回来。它回来，你认得吗？"

"认不得了。"

"它可认得噢！"

我们父女相视而笑。

一窝猫

"爸爸。"

"什么事儿？"

"猫。"

"到处是猫。"

"寮[1]里有小猫。"

"有小猫？"

"小猫。"

老父只得起身去看个究竟。亚铅顶棚屋原是堆放农具用的农具间，北半有四壁，俨然是间住屋，南半是敞棚，原是装果场，摆了四张蚶仔椅居然成了露风客棚，

---

[1] 寮（liáo）：小屋。

有客来，在此坐谈。北间向客棚的窗纱，新近被挖了一个大洞，早疑有野猫在里面生产，果然不错，小猫就在里面喵喵地叫。

"别去管它，母猫生了小猫啦！"

"人家要进去看。"

"不能看，看了母猫会换窝的。"

"什么是换窝？"

"换窝，祖母管它叫徙宿。母猫生了小猫，给人撞见，会觉得不安稳，就会叼了小猫换另一个地方，不教人发现。"

于是小女儿不敢要求进去看小猫，可是整天往客棚跑。

"别常常去，你老在那儿，母猫不敢钻那个纱窗洞进去给小猫喂奶呀！"

小女儿克制了约莫一个钟头，只在屋角边张望。一个钟头后克制不住了，又偷偷地跑过去。

第二天，小猫整天喵喵叫，也许母猫没进去，小猫没奶吃，饿慌了；也许夜里换了窝，漏了一只。母猫记性不见得好，而且又没有数目观念，生了几只，没法儿记得清，叼走了几只，留下几只，它也未必清楚；往往一次换窝，遗忘了一只是极寻常的事儿。但不论如何，这小猫整天喵喵叫终究是有了问题，老父不免忧心忡忡起来，带了一个小女儿已够累了，焉有余力再额外带小猫？

向晚时，老父忍不住开了北间的门进去，里面塞满了什器（其实都是废物，家里用过的东西，能再用的不能再用的，母亲舍不得丢，一概塞在里面），塞得无法插足。跶起脚来，从隙缝间探望下去，果见到一只小猫，"啧、啧、啧"地呼了三数声，小猫居然抬起头来看，想向上掀起。生理学认为方向远近的辨别是视觉、听觉、经验交互修正得来，看这情形，生理学讲的未必是对。小猫既然想就我，我便退回门口，俯下去再"啧、啧"地唤。它果真爬了出来了，是肚皮贴地爬出来的，四肢还无法支起。托在手掌心中，仔细看，眼珠还混沌不清呢！大概昨日刚开目。给放在客棚地上，小猫像只毛虫，掀起头，四面探着，显然是在寻索，只是不知该走向何方。

小女儿喜欢得禁不住嘻嘻笑。

"乖！"

小女儿轻抚小猫的头顶。这是小女儿第一次抚摸小猫，不晓得她是什么感觉。

"爸爸，小猫很可爱，毛好软哟！"

小猫依然喵个不停，依然毛虫样地掀着。小女儿托起了它，给爪子戳到，又放了下去。

"爸爸，它的指甲刺人。"

"小猫还乖呢，没抓你，你自己刮到的。再过几天，它懂事了，就会抓人。"

"懂事就不乖了？"

"它懂事了，妈妈兄弟姐妹以外，都当敌人看呢！"

"都是敌人吗？"

"都是敌人。"

"爸爸以外都是敌人吗？"

"可以这么说。小猫不这样谨慎是活不成的。"

"人呢？"

"也差不多是这样，也有些不同。"

"爸爸，小猫怎么办？"

"母猫会回来衔走。我们走吧！"

一会儿小女儿跑回家来，焦急地喊：

"爸爸，小猫在树底下柴堆里。"

"怎么会在那里呢？"

"母猫咬去的。"

"这糊涂妈妈，那儿有山獭蛇呀！"

于是小女儿急急奔了出去，待老父起身，早已擒了回来，抓着小猫的背胁。老父接了过来，出去再给放在客棚地上。

又一会儿小女儿奔回来。

"爸爸，小猫不见了。"

"在不在树底下？"

"不在树底下。"

"很好，母猫衔去秘密的地方了。"

于是暮霭起了，不多久天也暗了。但一晚上都听见小猫在北间喵着。

天亮后打开了北间的门，可是再怎样啧啧呼唤，小猫都不肯出来。昨日向晚一场经历，它懂事了。

小猫又喵了一整天，也未见母猫。

"爸爸，有几只？"

"就是那一只，只一只喵嘛。"

"不对呀，爸爸，那一只咬走了。"

"又咬进去了。"

"都有几只，爸爸？"

"不晓得，外面应该还有。"

"会不会饿死？"

"小猫分散了，母猫忘记了这一只，就会饿死。"

"太可怜了，喂它牛奶吃。"

"怎么喂呢？又没有那样小的奶嘴。它整天整晚喵着，母猫不会听不见。"

北间的门一夜未关，好让小猫自行出去。

第二天起不再听见小猫喵。

"爸爸，小猫在不在？"

"大概换窝了。"

"等小猫长大，给人家养。"

"它长大了，会照顾自己，不要人家养。"

"人家要！"

"好吧，等小猫出来玩儿，问问它。"

"它是好朋友，它要。"

几天后，有客来，老父背对着那破洞窗纱坐着，闻见轻微的尸臭。

客人去后，老父急急关了那扇窗，免得小女儿闻见。

人的愚蠢往往败事，显然，由于我的错误害死了一窝猫。那亲近人的一只，根本未再衔进去过；里面的是性不亲近人的，怪不得听见啧啧呼唤不肯出来。母猫衔走了亲近人的那一只，就把这一边丢下了。也许那一夜母猫跟那只亲近人的小猫已一起果了山獭蛇之腹了，山獭蛇总是成对出没。唉，这一大把年纪，还做出傻事来。

捉迷藏

小女儿唱歌跳舞是定时的，玩儿捉迷藏却是不定时，她不止跟老父玩儿，几乎跟一切东西都玩儿。

晴日的初晚，带小女儿出庭面看月，一忽儿躲在老父背后，一忽儿跑入屋内，要月亮寻她。当然末了是小女儿自己出来让月亮捉到。

放晴的傍晚，小女儿跟太阳公公挥手，有时就躲在树影下，要让太阳公公看不见，且回过头来细声地嘻嘻跟老父暗笑。

"太阳公公看见你躲在桂花树下。"

"哇！"

小女儿于是大叫一声，跳出透红的余晖中来。

"太阳公公吓到了。"

小女儿得意地拍手大笑，尽对太阳公公一上一下地蹦着。

白天里在屋内，小女儿则跟一切家具乃至书本、纸、笔玩儿；有时打开童话书，跟书页上画的人物玩儿。

"爸爸，那个门的洞（她指的是钥匙孔）尽看着人家，好可怕哟！"

真有意想不到的奇事儿，小孩的世界一切都活了，大人哪得想象？

老父照例下午得跟她玩儿一次捉迷藏，无非躲在门后让她找。小女儿熟了，嘻嘻笑着寻向门后来，不是书房门、卧房门，便是浴间的门，十拿九稳，习以为常，千百遍不厌倦。

这一次，老父躲进厕所内，且尽缩在内壁里。找过几趟后，小女儿也寻到厕所来。老父不敢将门阖密，特意留了约莫一两指宽的缝。小女儿一面喊着爸爸、爸爸，一面走近。听见她张望了一下门缝，就折了出去。喊声出了屋外，转到屋西，又兜了回来。老父仍屏息缩在内壁里。没有喊声了，也没再入屋来。老父担心她寻出马路去——围墙门有时候没加闩，急忙走了出去。小女儿正从屋西转回庭面来，蹙着眉，忧着脸。一看见老父站在檐下，停住了脚，哇的一声哭了出来。

"乖！爸爸变魔术，岸香寻不见了啊！"

老父赶快走过去，俯下身揽在怀里，小女儿还一直哇哇地哭。

"人家找不到爸爸呀！"

"乖！爸爸没丢掉嘛！爸爸不抱着岸香吗？乖，别哭啦！"

小女儿很快便收了眼泪，老父抱着她进屋，坐下来，放在膝上。

"爸爸讲故事给人家听！"

"好，爸爸讲。有个小女孩跟爸爸玩儿捉迷藏……"

"是岸香。"

小女儿喊。

"是岸香吗？"

"是岸香呀！"

于是小女儿便将方才捉迷藏的经过当故事讲着。老父轻轻地摇着膝。小女儿讲完了故事，伏在老父的怀里，不一会儿便睡着了。

陌生孩子

戏是人生，人生是戏。老父时常跟小女儿搭档演戏，随时随地随兴而演。

小女儿睡到"三篙日半昼"才醒来，一醒来就喊叫老父；老父得即时应声进去，迟延半分钟就哭了。

一进卧房，老父就演起戏来。

"床上这孩子是谁呀？好像不认识，怎么叫我给她穿衣服呀！"

"是你的孩子，是岸香呀！"

"岸香？这个名字有点儿熟，就是记不起来在哪儿听到过。"

"是你的孩子嘛！怎么忘记了？"

"噢，我的孩子吗？怎么都记不起来了呢？来，我仔细看看！"

　　小女儿一骨碌跳起来，站在床上，正好跟乃父一般高。

　　"我的孩子吗？没有这么高，跟我一般高嘛！"

　　"人家站在床上嘛！"

　　"噢，站在床上，是的，是站在床上啦！来，再仔细看看，看你的脸是不是岸香？"

　　"就是岸香嘛！"

　　"看来有点儿像又不大像。"

　　"爸爸，你是怎么啦？怎么认不得你的孩子啦！"

　　"你说说看，让我记起来。"

　　"岸香和爸爸玩捉迷藏，爸爸变魔术不见了，岸香就哭了，你记得吗？"

　　"噢，记起来啦！岸香哭得好伤心哟！"

　　"就是嘛！"

　　"再说说看。"

　　"那个坏林伯伯啊，每次来就带许多巧克力糖，人家要多吃几个，爸爸不给人家吃，人家就哭了，爸爸，记得吗？"

"当然记得啦，岸香最馋嘴啦！"

"人家不馋嘴嘛！"

小女儿嘟着嘴说，说着眼眶就红起来，老父赶紧改口说：

"是林伯伯坏，不是岸香馋嘴，对不对？"

于是小女儿眼眶不红了。

白天里老父走一步小女儿跟一步。

"这个孩子是谁啊，怎么老跟着我？"

"是你的孩子，是岸香呀！"

"岸香是谁呀？"

于是一出戏又演开来了。

大概每个人都有这样的经验，一下子认不得自己的名字来，认不得父母兄弟亲友的名字来，有时候面对面看着，越看越陌生，恍如隔世。不晓得这是什么心境？生命是单一的单元，它是独一的一个世界，人跟外界的牵挂一时切断时，就会体验到单一的孤独感，大概是这种感觉吧。但老父跟小女儿演戏时并不是这种感觉，那是纯粹的演戏，因此老父心里是整片的喜悦，小女儿也是。

蚂　蚁

　　真奇，小女儿喜欢养蚂蚁。老父离童年已十分遥远，已记不得少小时是否也对蚂蚁有这么高的兴趣，只依稀记得当日似乎时常蹲着观看蚁阵，或趴在桌面上看单只家蚁走路。那时眼力远可极远近可极近，真所谓明察秋毫。透着阳光看蚂蚁全身发亮，还看到蚁脚上的细毛在阳光下变成了光纤，整体是耀眼的金光。大概蚂蚁是孩童的宠物无疑。

　　小女儿有个小盒子——她总是有那么一个小盒子，里面经常至少养有一只蚂蚁，任意在屋内或屋外拈一只就放在盒内养着；有时候坐客运车，车窗坐椅上发现有单只蚂蚁，就捏回家来。

　　看着小女儿对蚂蚁这么高的兴致，令老父想起大人们的畜牧来；尤其是人类早年的畜牧历史。蚂蚁，也许就等于是孩童们的牛羊吧。

大概很少有成人静静地在一旁观看小孩子们的游戏的吧——小孩子们的生活每一秒钟都是游戏。老父餍饱着静观小女儿整日里的游戏，有时是成人对儿童生活的钦慕，有时就撩起自己那久远年代的儿趣来，实在也是无上之福。

梭罗在瓦尔登湖边观看过蚁战，那一段文字写得真好，充分表明了它的作者不可能不是天才。记忆里依稀也看过蚁战，但没引起兴趣，虽然那时年纪还小，终究这是东西方人类心性不同。小女儿似乎还未看过蚁战，即使看到，必定也不会有兴趣，也许只会让她急得跺脚叫停罢了。

蚁　王

吃罢晚饭，小女儿发现地面上到处有蚂蚁，它们是在捡拾小女儿的残食——多半是饼屑，下午掉下的；饭是老父喂她，很少掉落。真的到处是蚂蚁，壁角不用说排列成队，角隅就看得见它们的洞口，地面上也列着队伍。雨季总是蚂蚁活跃的时节，它们努力捡拾着，以备过冬。时节迈入仲秋，转眼雨煞，冬天也近了。

"蚁王！"

小女儿喊。

老父俯下去看，果真是只蚁王。

"怎么知道是蚁王？"

"人家没见过呀！它很大，比公蚂蚁还大。"

"有道理。兵士、百姓经常看见，国王没见过。"

"它是王。"

"不错，一定是王。"

"爸爸，王怎么一个人在外面？"

"王长了翅，飞出去了，还没回到家，翅掉了，就落在外面了。"

"可怜的王！"

"它很大，比公蚂蚁还大，不用为它担心。"

"王为什么大？"

"它要生很多蛋。"

"它是女的吗？"

"是呀，它是女王。"

"人也有女王。女王生很多蛋吗？"

"人的女王不生蛋。"

"她为什么当女王？"

"这个不好讲，人的王有男的也有女的，他们不是全国人民的爸爸或妈妈。"

"蚂蚁的王是蚂蚁国所有蚂蚁的妈妈？"

"是呀，是妈妈，王是全蚂蚁国人民的妈妈。"

"人的王不是爸爸和妈妈，为什么是王？"

"就是人的王不是全国人民的爸爸和妈妈，人的国永远过得不好。人的国，王不是爸爸和妈妈，人民不是兄弟姐妹，人的国更是不好。"

"蚂蚁的国好吗？"

"当然好！王是妈妈，人民是兄弟姐妹，当然好！"

"可怜的王，它找不到国。"

老父没有搭话，老父在沉思。

"我帮它，爸爸，我帮它。"

"乖，你帮它！"

小女儿拈起蚁王，朝门下的一个蚁穴口放了下去。蚁王刚一着地，就被严重围攻，小女儿连忙救出了蚁王，放在空地上。蚁王后脚还各给一只工蚁钳着，前面一只脚被一只大雄蚁咬住。小女儿找了一析木纤维，给剔掉那三个敌人。

"爸爸，它不是那个洞的王。"

"看样子不是。"

小女儿另找了一个洞口，又救了出来。房间里见得到的洞口都试过，一例被攻击。

"爸爸，它的国在哪里？"

"爸爸也不知道。"

"爸爸，它很可怜。"

"确是很可怜，它是好王。蚁王、蜂王都是值得尊敬的王，人王不能跟它们比。"

"可怜的王，爸爸说你是可尊敬的王，你晓得吗？你是好王。"

小女儿拈起蚁王，放在手掌心里，抚着它的头背。

"爸爸，我养它。"

"乖，你好好儿待它！"

煞　雨

雨季终于过去了。

小女儿有一天忽问起老父来：

"爸爸，雨呢？"

"雨怎么啦？"

"雨啊，好久雨没有来了。"

"你想起它，还是想念它？"

"它是朋友啊！"

"是啊，它是朋友。"

跟一个天真的小孩子天天见面，见了大约四个月，自然就是朋友了，忽然不再见面了，小孩子自然会想念它。

"雨怎么不来了？"

"雨去远方旅行去了。"

"它到哪里去了？"

"往北往南各处去了。"

"它什么时候回来？"

"也许明天回来，回来看看，马上就又走了。"

"为什么不留下来呢？"

"它这趟旅行有半年时间呢！它想念这里，回来看一下就又赶去。"

"我们也跟雨去旅行去。"

"不行，我们不能走啊，伯劳、蓝矶鸫刚回来不多久，还有报春就要到了，我们不能走啊！"

"爸爸，报春就要来了吗？"

"也许早就到了，它不出声，谁也不晓得它来了没有？大概没有雨它就来了。"

"它跟雨不做朋友吗？"

"看来它好像不喜欢雨。"

"报春狡古狲，它为什么不喜欢雨？人家喜欢雨。"

"你为什么喜欢雨？"

"雨很好看，很乖。"

"小雨很美很乖，大雨呢？"

"大雨好可怕哟！大雨是雷公赶下来的，小雨是自己下来玩的。"

"怪不得。"

"小雨下来玩，在地面弄脏了，它走入草根，飞出草尖，回天上去，就又干净了；爸爸说的。"

"爸爸说的吗？"

"爸爸说的呀！爸爸真奇怪，又忘记了。"

"爸爸是忘记专家。"

"哈哈，爸爸是忘记专家。"

小女儿自己玩儿了一会儿，忽然进来问：

"爸爸，小草没有雨，会死掉吗？"

"也许会。"

小女儿眉根一红，眼眶里有泪。

"傻孩子，爸爸给小草浇水，岸香也浇水，小草不是一样快活吗？"

小女儿眉上的红退了，泪光也收了。幸而她指的小草是庭面上日日看着摸着的那几株，那庭外连到地角的草乃在她的小世界之外，不然老父可就要面临难题了。

花　香

"好香噢！"

小女儿起床时，日头早已出过三竿高，风向也已由东北渐转为西南，满株的树兰花也开始放出浓厚的馥郁对着平屋散发过来。树兰花形色酷似小米，缀满株，不下亿万粒。老父生性畏嫌浓香，这株树兰浓郁过分，那一年实在忍受不住，曾经大加砍伐，其后数年虽依旧缀满整株的花，却是丝毫没有香气，树木有知，竟不敢香了。去年一年我们父女不在家，不知道它无人里香不香？今年竟又香起来了，老父几番忍受着，不忍再加砍伐。小女儿似不畏浓香，她的体质比乃父好，这是可堪快慰的事。

树兰雨中也浓烈，日下也浓烈，不分四时，兴来就开花。既不忍砍伐，只有拿长竿给打落，落英密密地铺满一地，有似乎一大张黄金地毯。

每逢树兰花开，小女儿总喜欢托着一个什么小盒子，站在低枝旁采摘小米般的花粒，盛满一整盒子。

"盒子里盛的是什么啊？"

"仙米呀！"

"噢，仙米吗？好不好吃？"

"仙米不许吃，只许闻，闻就饱了。"

"真的吗？"

"真的呀！神仙不吃东西的呀！神仙看、听、闻、摸就饱了；仙物就是那样的呀！"

"噢，是这样吗？为什么神仙不吃呢？"

"吃很难看的呀！动牙齿，多可怕呀！"

老父不免吓了一跳，小女儿居然从许多神仙童话里体悟出一番超越的哲学来。但是凡人一天至少得动三次牙齿，小女儿非不知道，可是仙是人的终极理想，那幼小心灵里就蕴藏着多少理想啊！

起初老父打树兰花，小女儿不答应。老父告诉她，爸爸的眼睛睁不开，鼻子不舒服，喉咙也不舒服，肺也难受，嘴唇都酥了，小女儿说爸爸很可怜，就答应了，还劝树兰少放点儿花香来，可是这回这株顽树可不听话了。

时序不停地向前转，转眼进入桂花季，小女儿起床时没喊"好香噢"，但她在庭面上玩儿时闻到了，初次闻见桂花香时，小女儿进屋来问老父。

"爸爸，那是什么香味，淡淡的。"

小女儿当然懂得不少词汇，牛奶和糖，浓一点儿淡一点儿，她当然懂得"淡"字。

"噢，那是'暗香'，是桂花香。"

老父故意念普通话音。

"岸香吗？"

小女儿从电视卡通上颇学得些许普通话音，晓得自己的名字普通话音就念成暗香，阿姨们来也都唤她普通话音。

"不是岸香，是暗香，暗暗的香气。"

老父又讲当地方言音。

"岸香是不是暗香？"

"岸香就是暗香，岸香是暗香变化来的。"

小女儿拍手蹦跳，发现语言的奇妙。

"岸香就是桂花香。"

"对，一点儿不错！古时候一个诗人喜欢梅花的暗香，爸爸喜欢桂花的暗香。"

于是老父携了小女儿出庭去看桂花。

小女儿把鼻子凑近桂花枝去闻。

"爸爸，就是它，好清爽哟！"

"这是世界上最好的花香当中的一种。"

"还有哪种花香最好？"

"爸爸对花香不在行，像玫瑰也是上好的花香。"

"玫瑰有香味吗？"

"有啊，很淡，爸爸非常喜欢。"

"为什么花有香气？"

"给人闻的啊！"

"不是给蝴蝶和蜂闻的吗？"

"不是，一点儿不是！"

"爸爸怎么晓得？"

"爸爸太了解老天了啊！"

"真的吗？"

"当然是真的，爸爸跟老天做了一大辈子的朋友，怎不了解他？"

"可是老天没来过我们家。"

"他整天都跟爸爸见面，可以说整天跟爸爸在一起。"

"人家都没看见。"

"当然，岸香看不见。"

"真奇怪！"

"桂花可不许采哟！"

"为什么？"

"爸爸太敬爱它了，不许你摘！"

可是小女儿还是禁不住偷偷儿去采，只是这回她采下来不当仙米，却拿去供她的小石子，拿去圈小草的四周。老父看见，登时对那小石子和小草感到万分的虔敬。

画

　　住在澄清湖边时，小女儿喜欢涂壁，回老家来，尘得发灰的石灰壁没引起她涂抹的兴趣；其实这尘了的石灰壁也没引起老父的注意，待老父定睛看到它，早已过了半个年，这半年里，小女儿可陆陆续续留下了不少画迹。

　　当然，雨季过去了，天气转凉，天日日晴，阳光日日透着上天下地，云雀热烈地歌唱着，老父心情好得不能再好，这个时候，尘灰的石灰壁也显得可爱了，自然就普照了目光。

　　这回小女儿的画尽画在深咖啡色的木门框上，也漫延到门框边的石灰壁上，尽是些微细的小画，怪不得老父一向未曾觉察。

　　老父木钝——这木钝两字可是始创，造词浅白，读者诸君当可一目了然；老父这木钝性格，怎么样也不会想到去买些画笔画纸，让小女儿称心如意地去涂抹。倒是她婶母女人家心细，买了一提盒三十六色的喜洋洋彩色笔和一盒蜡笔，她叔叔带回来，还加了一本画图用的白纸。

小女儿得了这画具，有几天没叫老父讲故事，沉湎在绘事的狂热中。老父发现小女儿作画的最大兴趣是将纸面涂满彩色，不留一处空白，看她涂得认真而快活。

"这是什么？"

老父指着画面上一个涂满了褐颜色的大三角形问。

"那是山呀！爸爸真笨，怎么不晓得它是山！"

"的确，那是山，爸爸太笨了。"

"那是什么？"

"那是太阳公公呀！"

"噢，的确，那是太阳公公。太阳公公是黄色的吗？"

"是黄色的呀！爸爸出去看看就知道了。"

"不用看，太阳公公是黄色的没错。"

此时已是晚秋了，阳光略呈黄色味，确实不错，怪的是小女儿观察这样精微。

小女儿摆好画具，又要作画。

老父问：

"岸香为什么要画？"

"岸香不会写字，就画画。"

"就像小学生练习写字一样练习画画？"

"不是啦，安徒生写故事，人家画故事。"

噢，原来小女儿是用画来从事童话创作，不是纯粹摹写实物。怪不得她兴趣高昂。小女儿的构图往往十分复杂，似乎蕴藏着许多意象，老父只觉得她着色深得自然之趣，复杂而完整，也许是出自童心的天工吧，就因为是天工，才能得自然之趣，虽复杂而不零乱。

小女儿每画好一张画，就自己张贴起来，或在门上，或在壁上；有一张还贴过门楣一尺多高，事后问她怎样上去的，老父不由出了一身冷汗，原来她是爬上摇椅，踏着摇椅靠背的横楣，再攀上颤巍巍的简陋书架贴上去的，真是好险。

照小女儿张贴的速率，不出半年，整座平屋必至贴满了画。

天　空

　　小女儿很少看天，只有太阳和星月引得她看；云她也不看。大概小孩子只注意近身的事物；天，高渺而空虚，无如地面切近而实在。

　　也许小女儿是在望雨，可注意到天的存在了。

　　"爸爸，老天画的。"

　　小女儿指着天空说。

　　"当然是他画的。"

　　"很好看。老天只用一个颜色吗？"

　　"老天用的颜色可多着呢！早上太阳公公还没出来的时候，老天先是用桃红色，再后用金黄色，现在是浅蓝色。"

　　"老天只会画这样大片的一个蓝色吗？"

"他以为大片的蓝色很好看，岸香不说它好看吗？"

"很好看，没有东西，一个色很好看，老天真会画。"

"老天是大画家，许多颜色，他挑了浅蓝色，不画什么，只抹了整大片，就是一张最好的画。"

"爸爸，老天添一只鸟啦！"

"噢，真的添了一只鸟啦！"

"老天画会动的画。"

"添许多鸟啦！"

小女儿又说。

"鸟儿们喜欢老天的蓝色画，大家爱在画上飞。"

"鸟真好，在老天的画上玩。"

"云也喜欢老天的蓝色画。有时候老天也抹小片的白颜色，那不是云。"

"不是云吗？"

"不是云，是白颜色。"

"不是云吗？"

"当然是云，它是老天抹的薄片白的颜色。"

"爸爸真奇怪，又是云，又不是云。"

老父自省了一下，确是怪，但它是一抹画，不是云。

"云多就看不见蓝色画了。"

小女儿居然时常看天的呢！也许无意识中摄入记忆。

"云多的时候，挤来挤去，就挤下来雨点了啊。雨也有挤下来的，也有雷公赶下来的，也有自己下来玩儿的。"

"爸爸，许多星星呢？"

"那是老天挂在蓝色画上的许多宝石，白天阳光太亮看不见，晚上没有阳光，不见了蓝色画，就看见了那许多宝石。老天设计得很好，白天晚上总要给人好东西看。"

"谢谢老天！"

"乖！"

太阳公公的礼物

小女儿醒了，老父进卧房。

"太阳公公说，他伸出许多光找遍，看见许多小孩子在外面玩儿，就是看不见岸香。他问爸爸，岸香到底起床没？爸爸没回答，因为太阳公公说，岸香要是还赖在床上，他要打屁股呢！"

"我在这里！"

小女儿大声叫。

"还出这么大声，不怕太阳公公听见？"

"我在这里！"

小女儿又大声喊，随后问老父：

"他听见了没有？"

"当然听见了，那么大声，怎么听不见！"

"他说什么？"

"太阳公公说，他原本明天要送礼物给你，他说你赖在床上不起来，明天他不送了。"

小女儿眼眶红了。

"太阳公公跟你说着玩儿的，明天他要送礼物给你的啊！"

小女儿眼眶不红了。

"他送什么礼物？"

"他没说。"

"问问看！"

"他不说，他说你明天早点儿起床，就发现礼物放在草丛里。"

"不，人家要他放在桌子上！"

"太阳公公光不能拐弯，进不来啊！他没法儿送到桌上啊！"

小女儿眼眶又红了。

"好，好，爸爸拿面镜子，让太阳公公将光照着镜子射到桌子上，不就放得进来了吗？"

小女儿眼眶不红了。

第二天，小女儿醒了，老父进卧房。

"太阳公公有没有送礼物来？"

老父早已忘得一干二净。

"噢，噢，送来啦！"

"是什么礼物？"

"他要你自己去看。他说，他要看你自己穿衣服，比爸爸穿更整齐。"

"好哇！我自己穿，我要比爸爸穿更整齐！"

老父赶紧奔了出去。

约莫六分钟后，小女儿穿好衣服出来，发现桌子上摆了一小瓶水胶。

"爸爸，太阳公公送我一瓶水糊。"

老父站在檐下，回转身：

"真的吗？水糊吗？跟爸爸用的一样不一样？"

"一样，新的。"

"应该说什么话呀？"

小女儿拿着水胶，蹦出檐下，跟太阳公公挥手说：

"谢谢你，太阳公公！"

灶　鸡

　　小女儿无论睡午觉、晚上睡觉，一向都要老父抱在胸前，双腿跨过老父的腰臀，两手搭着老父的双肩，右颊或左颊贴在老父的右肩上，老父抱着来回踱步，口里哼着摇篮歌——不是世界名曲，乃是老父自编的土曲，歌词是：莠莠呜呜困噢，呜呜困噢，狗狗兮困噢，熊儿莠困噢，岸香也呜呜困噢。回老家以来，老父渐觉得不胜力，午间就叫小女儿躺在床上，老父在一旁哼哼唱唱；晚间则老父假装跟小女儿一起睡，仍然唱着自编的摇篮曲，直到她睡去。

　　有时候小女儿太晏起，午睡延后，入晚精神顶旺的，到了九点还没睡意，老父不得不哄着她去睡。

　　小女儿刚钻入蚊帐中躺好，床底下一只灶鸡（促织）雄健地鸣了起来，节奏适度，鸣声嘹亮，非常之美。

"爸爸，灶鸡。"

"啊，灶鸡。"

"它不困吗？"

"它刚起床，才吃过早饭呢！"

"刚吃过早饭吗？"

"是啊！灶鸡睡白天，晚上活动。"

"爸爸，人家要看看它！"

"快快睡！它刚吃过早饭，听见岸香进房来，晓得岸香要睡了，给岸香唱摇篮歌，让岸香睡得甜呢！"

"真的吗？"

"当然是真的啦！"

"谢谢它！灶鸡，谢谢你！"

"它听见了，唱得越发起劲儿呢！"

"晚安，乖灶鸡！"

小女儿快意地瞌了眼睛，灶鸡一声声，节奏适中地鸣下去，老父也瞌了眼睛，躺着静静地听着。这一晚，老父没有唱摇篮曲，尽让灶鸡代唱，它一声声唱着，老父不知几时也睡着了。

送 神

一入腊月，自然地感觉到迟暮之气，一年又到了黄昏的时候了，语言暗示的作用却是这般大啊！二十三日，祖母自镇上赶了回来，小女儿格外高兴。

"阿妈，你为什么回来？"

"明天要送神了啊！二四送神，二五挽面，二六、二七阿妈都（家的意思），二八、二九不给人讲。"

祖母笑眯眯地念着。小女儿听得张着大口，不晓得阿妈念什么。

"明天是二十四日，一早要送灶神回天庭。灶门公是天公的幺弟，天公问他爱当什么神，灶门公说，他喜欢看美姑娘，就当灶神吧。天公就封他灶神做。灶门公不识字，向灶里烧字纸，灶门公以为人们在申诉——

申诉就是说，有事情，写下来告诉天公的意思——，灶门公就即刻揣了这申诉状回天庭去见他大哥，会闹笑话的，所以不能够在灶里烧字纸。二十四日一早，灶门公回天庭去过年，正月初四日下午再回地面来，所以送神要早，接神要晚。二十五日，女孩儿家准备成亲，要挽面；挽面就是拔掉脸上的细毛，男人理发，女人理面毛，同一个意思。二十六日、二十七日，去外婆家见母舅外妈，二十九日除夕日完婚，女孩儿家自然不好意思讲出来。早前穷苦人家都选除夕日完婚，一来省得看日，二来省得请客。"

小女儿约略领会得大意，觉得很有意思，叫祖母念了几遍，学会了，反复念着。

晚上就寝时，小女儿硬吵着明天一早要起来送神。老父告诉她她起不来。小女儿不依，要哭。老父只得跟她说，不如现在就去送他。小女儿答应了，又穿好了衣服，走出卧房来。小女儿一迳要走进厨房去，老父告诉她，现在没人煮食，他不在那儿，他现在在厅堂上跟土地公对坐谈话呢。于是老父带了小女儿到厅堂上来，指给小女儿看：神案上一幅神像，上面坐着观世音，两旁是金童和玉女；下面灶门公跟土地公对坐着，那个年轻没胡须的便是灶门公。

小女儿端详了一会儿，开口说——诚恳而真挚地：

"灶门公，祝你在天上过年快乐！顺便请你告诉你的大哥，也祝他新年快乐！他是爸爸的好朋友，他真伟大，他给我们许多好东西，谢谢他！"

老父在一旁听着，觉得这合是自有人类以来，一次最好的送神和祝福。

千家诗

　　再过三四日，小女儿虚岁就六岁了。照老传统，五岁就该启蒙，读点儿书了。一年来老父都不曾理会得这个，此时眼看着新年就近在眉睫，慌忙拿起《千家诗》来，教了小女儿第一首，就是孟浩然的《春眠》。

　　待讲解过，小女儿发问道：

　　"爸爸，为什么春眠会不觉晓呢？"

　　"嗯，这个嘛，人的身体里面有个时钟，春天到了，就走慢些。天亮了，外面的时钟是五点、六点，身体里面的时钟也许才走到四点、五点，人就不晓得醒过来，因为人身体里面的天还没亮。"

　　"哈哈，真有趣！"

　　"动物身体里面全有时钟；草木也有，到了一定的时候，就会发芽、开花、结籽。"

"会走慢吗？"

"差不多全不会走慢，只有人会。"

"墙壁上的时钟会走慢吗？"

"你看呢？"

小女儿睁大眼睛注视着，半晌说：

"没有走慢。"

"也许时钟走累了，或者出神了，会走慢些。"

"时钟会睡觉吗？"

"噢，时钟也许打盹一会儿，睡觉是不会的。晚上时钟要是偷懒睡觉了，天亮后人们会看见时针不对。万物只有时钟不能偷懒，一偷懒就被看出来了。"

"当时钟最不好啦！时钟好可怜哟！不能睡觉的人最可怜。"

"是啊，不能睡觉的人最可怜，时钟真是可怜！"

除夕日教第二首，是《访袁拾遗不遇》，也是孟浩然作的。

"爸爸，我们去访孟浩然。"

"不行，他是古人，没法儿访问。"

203

"为什么？"

"他是很久之前的人，我们没法儿去。"

"没关系，我们坐车去。"

"傻孩子，车子没法儿驶入古时候去啊！"

"为什么？我们坐车子就到了嘛！"

小女儿似乎没有过去的观念，只要存在过，只要想象得到，都存在着，都是现在，而车子是无所不到的。

"古时候，那是时间，那个时间里所有活着的东西都死了，所有在那儿的东西都消失了。"

"车子不能去吗？"

"不能去，没有了，没地方去。"

"真奇怪！可是人家想去看孟浩然。"

老父莫可奈何，这真是言语道断的境界；过去，也许连言语都到不了。明天，这一年也过去了，好在小女儿则更长大了。

图书在版编目（CIP）数据

父女对话 / 陈冠学著 . -- 北京 ：北京时代华文书局，2020.11
ISBN 978-7-5699-3949-1

Ⅰ．①父… Ⅱ．①陈… Ⅲ．①散文集－中国－当代 Ⅳ．① I267

中国版本图书馆 CIP 数据核字（2020）第 222834 号

北京市版权局著作权合同登记章　图字：01-2019-7684

父女对话

FUNü DUIHUA

著　　者｜陈冠学

出 版 人｜陈　涛
选题策划｜陈丽杰
责任编辑｜陈丽杰　袁思远
执行编辑｜冯雪雪
责任校对｜张彦翔
封面设计｜鲁明静
内文插画｜范　薇
版式设计｜王艾迪
责任印制｜訾　敬

出版发行｜北京时代华文书局 http://www.bjsdsj.com.cn
　　　　　北京市东城区安定门外大街 138 号皇城国际大厦 A 座 8 楼
　　　　　邮编：100011　电话：010-64267955　64267677
印　　刷｜三河市兴博印务有限公司　0316-5166530
　　　　　（如发现印装质量问题，请与印刷厂联系调换）
开　　本｜787mm×1092mm　1/32　印　张｜7　字　数｜100 千字
版　　次｜2021 年 7 月第 1 版　　印　次｜2021 年 7 月第 1 次印刷
书　　号｜ISBN 978-7-5699-3949-1
定　　价｜56.00 元